この先には、何がある?

群　ようこ

幻冬舎文庫

この先には、何がある？

目次

転職六回

毎日、原稿を書いていると、「何年、こんなことをやってきたんだろう」とふと思う。会社に勤めながら五年、独立して専業になってから三十二年、計三十七年間、書き続けてきた。あらためて考えると、生まれた子供が立派な大人になり、その子の子供ができてもおかしくないような年月である。それまでずっと仕事があり続け、自発的に休んだ一年間は別にして、病気で休むこともなかったのは、ありがたかった。しかしついこの間、就職をどうしようかと悩んでいた女子学生が、あっという間に今は還暦を過ぎた前期高齢者予備軍である。ものすごく時の流れが速くて、それにただただ驚くばかりなのだ。

もともと私はフリーランス希望ではなかった。二十歳のときに両親が離婚し、家を出ていった父が自由業だったため、収入の不安定さはよく知っていた。就職するのであれば、妥協せずに望んだ職種で会社に勤めようと考えていたものの、現実的には私は就職する気がなかった。長髪でベルボトムのジーンズにロンドンブーツを履いていた学生たちが、急に髪の毛を切ってスーツを着て、就職活動をしているのが腹立たしかった。彼らに対してではなく、藝術学部という社会的に経済に直結しない分野にいる学生が、社会にまるめこまれて、負けた証《あかし》のような気がした。

学生のままでずっといられないのはわかっていたが、勤めるのであれば、自分の好きなことを我慢しないで済むような生活を続けたかった。本は好きだったので、仕事をするのなら出版関係か、興味があった広告関係と考えていたけれど、就職しようにも、当時は大手の出版社には指定校制度があった。会社が指定する大学の学生以外は就職試験を受けられず、私の通っていた大学は指定校に入っていなかった。合格する以前に、受験を拒否されていたのだ。広告代理店も同じようなもので、特に当時は短大卒の女子学生が、会社にとってはいちばん好まれ、四大卒で偏差値が高くない大学の女子学生が、自力で就職できる可能性がある会社は、とても少なかった。

周囲の女子学生で就職が決まった人は、ほとんど親のコネだった。二年後に結婚する予定の人もいて、会社側も彼女たちの能力を買って採用を決めたわけではなく、ただ頼み事を断れないという事情で、入社させたにすぎない。そういう世の中も嫌だった。地方出身の女子学生は、実家から通っていないために、もっと就職が厳しく、地元に戻って家事手伝いをする人も多かった。

就職の準備をしていなかった私は、正社員として就職できないと思っていたので、いちばんの理想は、最低限のお金と本代をアルバイトで稼いで、あとの時間はずっと本を読んでいる生活だった。自分のなかでは三十歳まではあちらこちらと横道に逸《そ》れても、それを過ぎたら自活できるようにしようと考えていた。正社員でもアルバイトでも、自活できればどちらでもよかった。幸い、大学に入ってからずっとアルバイトをしていた書店から、社員にならないかと声をかけていただいたけれど、私はずっとアルバイト待遇でいたかった。給料の額や保証よりも、自分の時間をなるべくたくさん持ちたかったのだ。

そんな私を母と弟は許してくれなかった。私を「怠け者」と罵倒《ばとう》し、仕方なく私は毎日、新聞の求人欄を見て、新卒の四大女子学生を雇ってくれるところを、いやいや探していた。そこで見つけたのが、代官山の広告代理店だった。もしかしたらここは、私の望んでいた会社かもしれないと気分は上がったが、スーツなどは持っていないので、普段着で面接試験を受けたら、どういうわけか合格してしまった。

しかしその会社には半年しかいなかった。あまりの激務に耐えられなかったのである。新入社員は社内の掃除があるために、朝八時半に会社に到着しなくてはならない。そのためには、七時に家を出る必要がある。そして家に帰るのは毎日夜の十二時を過ぎていた。学生ではほぼいちばん上の立場だったが、社会人ではいちばん下っ端になった私は、世の中の厳しさを知った。長時間労働の問題だけではなく、自分たちが考えたアイディアを上司が横取りする、理由も説明されずに怒鳴られるなど、広告の仕事自体は嫌いではなかったが、精神的にも肉体的にも辛かった。寝ているときも働いている夢を見るので、寝た実感もない。子供の頃からのかかりつけ医のところに行ったら、ひとつだけといって、マイナートランキライザーを処方してくれた。それを服用したら、嘘のように体調がよくなり、それに驚いた私は、こんなに効く薬を飲むようになったらだめだと、すぐに会社をやめた。

やめたとたんに体調は好転し、毎日、家でぶらぶらしてずーっと本を読んだり、レコードを聴いたりしていた。だがそれを許さないのが働いている母と大学生の弟だった。再び「怠け者」と私を非難し、すぐに就職先を探せという。私は貯金を食いつぶしたら、探すつもりだったのに、早くしろと急《せ》かして、私の至福の時間を奪おうとする。

(金を貯めたら家を出てってやる)

と腹の中で毒づきながら、新聞の求人広告を眺めていた。

私は最後に落ち着いた「本の雑誌社」にたどりつくまで六回転職したが、すべて新聞の求人広告で見つけた。某録音スタジオの面接を受けたときは、女のなかでも就職差別があるのがわかった。面接官の男性五人が、スタイルのいい美人に対するのと私に対するのと、まったく態度が違うのがわかったからである。そりゃ、そうだろうと納得したものの、幸せな家庭、裕福、コネ、男、スタイルのいい美女、のすべてにおいて、「じゃないほう」として、社会でやっていかなければならないとわかった私は、腹が立つよりも、まあ、仕方がないとあきらめていた。

それでも家を出るためには、自活しないといけないので、目についた会社には履歴書を送った。書類選考で落とされたところもあるが、だいたいは試験を受ける機会を与えられた。給料に目がくらんで応募した大企業は、試験に一週間かかって合格したのに、上司と喧嘩して二日でやめた。時間が自由になりそうなので受けた、日本橋にある全員七十歳は過ぎているおじいさんたちが四人いた会社は試験もなく、「とにかく来て」と懇願され、翌日、出社したけれど、仕事は彼らにお茶を淹《い》れるだけだった。彼らは会話を交わさず、机の前に座ってずっと口をもぐもぐさせていた。どんよりとした泥沼のような雰囲気で、ここにいると自分の若さを吸い取られるような気がして、丁重にお断りをしてその日のうちにやめた。

その後、音楽雑誌に一年ほどいて、社長の怪しさに疑問を持ってやめた。当時の私の楽しみは、母と弟が会社、学校に出かけた後、家事を済ませて、最寄りの路線でいちばん近くて大きい、高田馬場の芳林堂書店に本を買いに行くことだった。ここで私は平台に置いてあった「本の雑誌」を知った。本が好きな私としては、「本の雑誌」と書いてあったら、無視できない。厚さが五ミリあるかないかの雑誌だったが、何気なく開いて私はその雑誌を読むのをやめられなくなってしまった。

私は本は大好きだが、学校で書かされる読書感想文が大嫌いだった。その本を褒《ほ》めないと先生に叱られるというのも違うと思っていた。「本を読んでいると偉い」といった雰囲気になるのも嫌だった。しかし「本の雑誌」はまったくそんなところがなく、どの人もみんなただ単純に本が好きというのに、大きくうなずいたのである。

そんな私にとって喜ばしい日々も、またまた母と弟に就職しろと小言をいわれて長続きせず、六本木にあった編集プロダクションに就職した。一九七八年頃の六本木はまだのんびりしていた。明治屋の前をねんねこ半纏《ばんてん》で赤ん坊をおぶった、黒人女性が歩いていたりした。しかし周辺の価格帯と給料のバランスが取れず、昼食はもちろん、食後のコーヒー一杯飲むのにも躊躇《ちゅうちょ》するような有様で、弁当を持っていき、残業の友は近くのビルにあった牛丼店だった。何事もなければそこで働き続けていたかもしれないが、直属の上司が私の机の中の印鑑を持ち出し、私の母の名前で領収書を偽造していたのを知って、その会社に勤める気は薄れていった。そんななかで会社の帰りに芳林堂に寄って本をチェックするのが、より楽しみになっていった。もちろん「本の雑誌」も欠かさず買っていた。

しばらく経《た》って、新聞の求人欄に「ストアーズ社」の求人が載っていた。「本の雑誌」の編集長の椎名誠《しいなまこと》さんが、本業の勤め先と書いていたのを覚えていたのだ。「本の雑誌」は目黒考二《めぐろこうじ》さんと椎名誠さんと、彼らの知り合いや助《すけ》っ人《と》で成り立っているとも書いてあった。この会社に勤めれば「本の雑誌」の手伝いができるのではないかと、履歴書の応募動機の欄に、「『本の雑誌』を読んでいるから」と書いた。それが履歴書を整理していた、椎名さんの部下兼助っ人の男性の目に留まり、私の履歴書を椎名さんに見せた。私の履歴書はそのまま椎名さんの手元に置かれ、ちょうど女性の事務員を探していたタイミングと重なって、私は本の雑誌社の事務員として働くことになった。椎名さんも目黒さんも本業で忙しく、仕事を一から教えられないので、広告、編集に知識がある経験者がいいと考えていたと聞いた。私は転職を繰り返したけれど、その経験が無駄にならなかった。当初のお給料は三万円だったが、やっと長く勤められそうな場所を得て、ひとり暮らしもはじめた。大学卒業から会社をやめて独立するまでの話は『別人「群ようこ」のできるまで』（文春文庫）に書いてあるので詳細は省くが、「本の雑誌」がなければ、確実に「群ようこ」は存在しなかったのである。

独立

思いがけず私は物書きになってしまった。会社をやめる一年ほど前からは、昼間は会社、夜は原稿書き、取材がある仕事も受けていたので、土、日は取材と、休みはほとんどなく、睡眠時間は毎日三時間だった。それから解放された私は、こんこんと寝続けた。思いっきり寝られるのって、何て素晴らしいのだろうと感激していた。

会社をやめて独立したとき、連載の仕事ばかりだったのはありがたかった。まだ男女雇用機会均等法施行前で、女性の編集者はいたけれども人数はとても少なく、私の担当をしてくれた編集者は年上の男性ばかりだった。もしも次につながるかどうかわからない、単発の仕事だけだったら、不安になったかもしれないが、収入の保証があるのとないのとでは、気分が違った。

連載は一年先も決まっていたし、書き下ろしの本が出る予定もあったので、この先、三年程度の収入は保証されていた。当時は吉祥寺《きちじょうじ》駅から徒歩五分の1DKの賃貸マンションに住んでいて、家賃は六万三千円だった。会社をやめるときには、お給料は手取り十三万円だったが、ボーナスは一桁違う額をいただいていたし、原稿料はお給料の三倍あったので、その家賃でも生活できていた。

しかし私は物書きになった自分を信用していなかった。たまたま勤めた会社が、出版に関する雑誌を出していて、業界の人がそれに載っている原稿を読んで、お仕事をくださった。自発的に意思を持って、出版社に原稿を持ち込んだとか、賞に応募したわけでもなく、ずるずるっと物書きになってしまった。デビューしたては物珍しいから、原稿を依頼してくるけれど、きっとそれも、いいとこ三年くらいで終わるだろう。そうなったら、家賃の安いアパートに引っ越して、アルバイトで生計を立てて、本を読む生活をすればいいと思っていた。物書きになろうとは考えていなかったので執着はなかった。いただいた仕事をこなしつつ、

「こんなことは長いこと、続かないぞ」

と戒《いまし》めていた。

本の雑誌社では目黒考二さんにも椎名誠さんにも、本当によくしていただいた。だ

からこそ、会社をやめてからは接点を持つのはやめようと考えていた。いくら円満退社とはいえ、私が会社に迷惑をかけたのは間違いないのだから、やめた後も、のこのこと遊びに行くなんて気が引けたし、いつまでも「本の雑誌」にいたことをひきずるのも、よくない気がしていた。あれは過去なのである。やめてから三か月間は、後任となった女性の仕事がうまく進んでいるかどうか、確認しには行っていたが、それが終わったと同時に、私は本の雑誌社には一切、足を踏み入れなかった。

文藝春秋から出ていた「Ｅｍｍａ」の、市販はされないパイロット版で、暴力団の事務所の取材をしないかと、花田《はなだ》紀凱《かずよし》編集長から聞かれたときは二つ返事で引き受けた。当時関西では、敵対する組同士の抗争があり、籠城している組の内部に入って、彼らに話を聞くという企画だった。ふつうの生活をしていたら、絶対に会えない人たちに会えるという興味と、怒らせちゃったらどうしようという不安がいりまじったが、彼らに会って話を聞きたい気持ちのほうが勝ったのだ。

私は行きの新幹線の中で、もしも機嫌を損ねて、先方を怒らせたらどうしたらいいかを漠然と考えていた。何か起こったときも、まず私からやられるはずはないので、同行するスタッフがやられているうちに、考えればいいかと結論を出した。カメラマ

ンとは目的地の駅で合流した。現地でずっと抗争について取材を続け、この取材に関して間に入ってくださった記者の男性から、

「組側が客人が来ると喜んで、すき焼きを準備して待ってくれているそうです」

と聞いた。一瞬、驚いたが、そうか、彼らと一緒に晩御飯を食べるのかと納得した。

私ののんきさとは別に、現地は緊張していて、記者の方からは組の名前に関することは、喫茶店などでは話さないようにと注意を受けた。どこで誰が話を聞いていて、誰の口から話が漏れるかわからないという。表面上は騒ぎも起きておらず穏やかな生活を送っているようなのに、実際は行動に神経を使わなくてはならないような、状況になっていたのだった。

私たち四人は徒歩で組事務所に行き、丁寧に招き入れられ室内を案内していただいた。どこもかしこも掃除が行き届いて磨きあげられ、ちりひとつなかった。和室に入った私が、

「ずいぶん照明が明るいんですねえ」

と天井を見ながらいったら、

「あははははは」

とみんなに笑われて、あれっと首を傾《かし》げたり、まるで高級料亭のように、美しく並べられているすき焼きの材料に目を奪われたり、私は、「はああ」「ほおお」と感心していた。どれもとてもおいしくて、

「おかわりはいかがですか」

と聞かれたので、

「ありがとうございます」

と御飯を二回もおかわりしてしまった。もちろんすき焼きもまったく遠慮をしないで食べた。

その後、話を聞くと、子供に会えなくて寂しいという組員が多かった。

「うちの子はわしに似ないで、とても頭がいいんですわ」

と笑う人もいた。どうして反社会的勢力に属する人たちが、出てきてしまうのか、私は考えさせられた。新聞やテレビなどで観ていて、どうしてだろうと思うことはあるが、現実にいる人たちと会うと、彼らにも家族がいて生活があり、子供をかわいがる姿も堅気の人たちと変わりがなかった。しかし法律に反する行為が明らかに問題なのは間違いない。

記者にうながされて、十時前には事務所を後にしたと思う。

「絶対に後ろを振り向かないでくださいね」

彼にいわれて妙な緊張感が走った。私が取材に行って、いちばん緊張した瞬間だった。しばらく歩いて繁華街に出て、私たちは居酒屋に入った。そのとたんみんなで、

「はああ」

とため息をついた。男性陣は運ばれてきたビールを飲んで、

「はああ」

とさっきとは別のため息をついていた。そこでカメラマンに、

「よくあの場であんなに食べられますね。おまけにおかわりまで」

と感心した表情でいわれてしまった。

「えー、だって、おいしかったし」

お腹が減っていた彼らは、

「ああ、急にお腹がすいてきた」

と遅い食事を取っていた。私はすでに腹一杯すき焼きをいただいたので、野菜サラダをつまんだ記憶があるが、その居酒屋で私は、どうやって原稿を組み立てればいい

かを、ずっと考えていた。編集者は、

「好きに書いていいですよ。まずいところがあったら、あとでチェックをいれますから」

といってくれた。

私は家に帰って今回の取材について考えた。市販はされない号とはいえ、私が書くのは署名原稿である。しかし間に入って尽力してくれた記者の男性の名前は出ない。私は組長の彼に対する態度を見て、信頼関係が築かれているのがとてもよくわかった。彼が間にいてくれたからこそ、この取材が成り立った。もしかしたら私は、彼の手柄を横取りしているのではないか、彼を踏み台にしているのではないかと、心苦しい部分があった。私が「Ｅｍｍａ」に原稿を書いたのは、このパイロット版だけである。

大学時代に親しくしていた人たちとは、連絡を取っていなかったけれど、文芸学科の創作コースという性格上、作家志望の学生も多かった。美大生の村上龍《むらかみりゅう》の『限りなく透明に近いブルー』を「群像」で読み、そして芥川賞を受賞したのを知り、学生でもチャンスがあると、一気に盛り上がっていた。私も群像を買って読み、すごいなあと驚いていた。しかし他の学生と違って、小説誌の新人賞に応募する気もなく、ただ本を買って読むのを続けているだけ。物を書く仕事をしたくて浪人までして合格した学生と、希望した大学を落ち、そこしか受からなかった私との間には、意識として相当な差があった。それでも本が好きな人が周囲に多くいるのは、私にとって刺激があって楽しい学生生活だった。

それから八年経って、作家になるのを熱望していた学生ではなく、何のお墨付きももらっていない私が物書きになったのは、申し訳なくもあった。私は本はたくさん読んだけれども、書く修業はほとんどしていなかった。ゼミ誌を作って合評するのは授業で決められていたが、やる気もなく、締切ぎりぎりになって、やっとこさ提出するというひどさだった。私にとっては書くよりも、読むほうがずっと楽しく、書く作業はどちらかというと苦痛だった。本だけ読んで原稿は書かずに済む仕事はないかなあなどと、考えたりもした。

連載のうち、スポーツ誌は取材もので、他はすべてエッセイだった。毎日、こつこつとできない性格の私は、昼前に起きてだらだらした後、散歩がてら書店を巡り、本を読み続けていた。そして締切の二日前になると、これはいかんと、夜中に原稿を手書きで一気に書き上げる。二十枚は書けた。ワープロのほうが使い勝手がよさそうで、早く打てるようになるには、どうしたらいいかと考えていたら、はやっている歌の歌詞を、曲に合わせて打つといいと、どこかで読んだ。東芝のワープロを購入した私は、小泉今日子《こいずみきょうこ》の「なんてったってアイドル」や、中森明菜《なかもりあきな》の「ミ・アモーレ」を聴きながら、それに合わせてキーボードを打つ練習を続けていた。

新人

この頃の取材は、スポーツ系と旅行が多かった。京都のお茶屋、プロレス、ゲイバー、そして海外と、あちらこちらに連れていってもらった。京都のお茶屋では舞妓さんは他県から来ている人がほとんどと聞いて驚き、突然乱入してきたお茶屋の美人な娘さんが、人払いをしたあげく、「私は籠の鳥で将来をすべて決められ、こんな辛い人生はない」と嘆くのを、慰めつつ聞くはめになったり、ゲイバーでは新入りのゲイボーイが自衛隊出身で、まだ芸が何もできないので股間のブツに、手持ちのおもちゃ花火をガムテープでくくりつけ、火をつけてただ店内を走り回る姿に驚いたりした。そこで素顔で飲みに来ていた、他店のゲイバーのママにどういうわけか好かれてしまい、「うちの店で働いてくれないかしら」としつこく口説かれ、「あなたに会うんだったら、きれいにしてくるんだった」などといわれ、私は「はあ、そうですか……」というしかなかった。店の名前と電話番号を書いた紙をもらい、たまに取り出して眺めはしたが、電話をすることはなかった。

二十歳のときにアメリカのニュージャージー州に行ってから、二回目の海外旅行に出かけたのもこのときだった。何だかよくわからないけれど、旅行雑誌の編集者の話ではスペイン観光局の引率の旅ということで、局長のスペイン人の男性と、日本人の女性が随行し、他の出版社の編集者とライター、グラビア撮影がある雑誌はモデルの女の子たちも一緒だった。大手広告代理店の若い男性二人も同行していた。

仕事がどのような企画で成り立っているか、深い部分はよくわからず、私はスペインに行けると知って、ただ、

「わあい」

とのんきに喜んでいるだけだった。スペイン十日間、フランス四日間の二週間の旅行だった。基本的に現地の行動には制限がなく、ほとんど野放し状態だった。私は同い年の女性編集者と、「観光地や風景を紹介するより、地元の人たちや生活している感じを書いたほうが楽しい」と意見が一致して、特に周辺の観光地に行くことはなく、私一人でホテルの周辺のマーケットや個人商店で買い物や散歩をしていた。

　午前中、ホテル近くの地元の人たちが行くマーケットで、パンを二個買った。見るからにシンプルでおいしそうな丸いパンで、茶色い紙袋に入れてくれた。視線を感じたのでふと見ると、少し離れた場所に立っている、お洒落《しゃれ》をしたおばさまが、じっと私を見ている。すると突然、肉売り場のお兄さんに、指をさしながら、あれこれいったかと思うと、私にその袋を彼に渡せとジェスチャーをする。私は指示されるままに、彼に紙袋を渡すと彼女は、〝パンを半分にカットし、ハムを指差した後にそれをパンにはさみ、ひと口食べて、ああおいしい〟というジェスチャーをし、にっこりと笑った。そして彼女は彼に、そこに野菜があるのだから、それも一緒に入れろといってくれているようだった。

　お兄さんが生ハムと野菜をはさんだパンを、紙袋に入れて渡してくれた。私が手提げ袋から財布を取りだそうとすると、おばさまは首と手を大きく横に振る。申し訳ないと思いつつ、彼女に向かって頭を下げると、彼女はにこにこ笑いながら、手を振って去っていった。

　いったい彼女にどういうふうに見られたのだろうかと、マーケットを出た私は首を傾げた。自分で編んだセーターに、穿《は》き慣れたパンツ、ぺたんこ靴という服装からして、とても観光客には見えないのは確かだが、パンを二個買ったら、それが生ハムサンドになって戻ってきたというのは、相当なわらしべ長者状態だった。

ホテルに戻って生ハムサンドを食べたら、本当においしかった。まずパンがとてつもなくおいしいし、生ハム、野菜も最高だった。日中、自由行動をしていた編集者と、夜、食事を一緒にしながら、この出来事を話した。

「確実にいえるのは、群さんは作家には見えないですよね。留学生だと思われたんじゃないですか」

「はあ、なるほど」

「パンしか買ってないのを見て、これはかわいそうにと。でも群さんだったら、ハモンセラーノ一本だって買えちゃうのにね」

編集者は笑っていたが、私は彼らに対して申し訳ない気持ちと感謝でいっぱいだった。その後、スペイン人の運転手さんや、マーケットのレジのお姉さんに、

「あなたは十五歳」

などといわれ、ぎょっとした。留学生どころか、貧しい家の子供だと思われた可能性が大だったのである。

その後はマラガに移動して、コスタ・デル・ソルのカフェで日中はずっと編み物をし続け、パリに四日間いて帰国した。しかし自分も旅行前はそのなかに身を置いていたのに、日本のあまりの気ぜわしさに呆然としてしまい、ペースがつかめなくなってしまった。仕事モードに戻るのに半月かかった。

他の連載、書き下ろしの依頼もあり、仕事はとても順調だった。ところが世の中はそう甘くなく、想像もしていなかった事柄も起こった。旅行雑誌の連載では、取材中の写真は載せていなかった。物書きが表に出すぎるのはどうなのだろうかと、疑問を持っていた私の考えを編集者が汲んでくれたからである。読者には文章を読んでもらえればいいので、私の姿などどうでもよかった。できれば写真は一切お断りしたかったが、そうもいかないので、最低限でやめておいたのだ。書き下ろしの『毛糸に恋した』でも、編み物をしている私の写真も掲載されているが、なるべく少なくなるようにお願いしていた。

それで問題ないと思っていたのに、その旅行雑誌に食堂を経営している男性から、クレームの電話があった。

「群ようことという女が、うちの店で無銭飲食した。どうしてくれるんだ」

編集者が話を聞くとその店で飲食した女が、

「財布を忘れてしまった。私はこういう仕事をしているので、あとでお金は送るから」

といって雑誌を見せ、代金を払わないで店を出て行ったという。そして何の音沙汰もないので、怒って編集部に電話してきたのだった。もちろん私がそこに行ったわけもなく、取材の場合は、必ず相手に名刺を渡しているので、その点の確認と、どういう容姿だったかを聞いてもらったが、それでも埒《らち》があかなかった。直接その男性と会うからと編集者に返事をしたら、それっきりになった。私の写真が載っていたら、その女も無銭飲食ができなかったはずだが、写真なしで構成していたために、まんまとやられてしまった。それにしてもせこすぎる話だが、被害に遭った男性はお気の毒だった。

物書き専業になってから、おかげさまでたくさんの仕事の依頼をいただいたが、私は仕事を選んでいた。編集者にすれば、せっかく新人に仕事を振ってやったのに、断るなんて傲慢だと思うのも無理はない。しかしそのときの仕事で私は手一杯だったのだ。自分で自分の仕事量をコントロールしないと、忙殺されるのはわかっていたし、だいたいが時間的猶予がまったくない仕事ばかりだった。有名なコピーライター事務所から、新聞用にエッセイを書いてほしい、締切は五日後といわれた。それは時間的に難しいのでと断ると、電話をしてきた事務所の女性にヒステリックに、

「あなた、○○（コピーライターの名前）の仕事を断るっていうの？」

と怒鳴られた。しかし私は自分のために、丁寧に申し訳ありませんと断るしかなかった。せっかく会社をやめて自分の好きにできる自由業になったのに、不自由になるのは嫌だった。きっと生意気な奴だと思われたと思うが、それでもよかった。

またファンレターというか、いただいた読者の手紙第一号は、エッセイストや俳句番組の司会として活躍なさっている、岸本葉子さんだった。当時はまだ東京大学の学生か、会社に入って一年目くらいの年齢ではなかったかと思う。手紙をくださった他の方々も、好意的な内容ばかりだったので、そのようなものだと思っていたのだが、編集者からは、

「手紙の封は手で破ってはいけませんよ。必ず鋏《はさみ》で切るように」

といわれたので、どうしてかとたずねたら、封のところに剃刀《かみそり》が仕込んであって、それで手を切った人がいるからという注意だった。

そんなこともあるのかと思いつつ、いわれた通りに封筒を鋏で切っていたら、『毛糸に恋した』の発売直後に、九州から手紙が届いた。差出人は女性で文字の感じからすると年配のようだった。内容は、

「あなたのような編み物に関してド素人が、本を出すなんて許せない。恥じるべきだ」

とものすごく怒っている。たしかに私はプロではないしド素人である。しかし編集者に「編み物の本を出して」と頼んだわけでも、企画を持ち込んだわけでもなく、仕事として受けてやらせていただいたので、文句をいわれても「ふーん」という感じだった。きっとその人は編み物を長くやっていて、プロか同様の自覚があり、本を出したいと考えていたのかもしれない。そこへド素人のおかっぱの若い女が本を出して、のんきに編み物をしていたから、頭に血が上ったのだろう。

世の中にはいろんな人がいると頭ではわかっていたが、雑誌に原稿を書く、あるいは本を出している人間に対して、面識もないのに体当たりをしてくる人がいる現実も知った。そんな人たちの日常と、自分の日常を考え、明石家《あかしや》さんまのぽん酢しょうゆのCMの、

「幸せって何だっけ、何だっけ……」

という歌を聞きながら、

「本当に、何だろうね」

とつぶやいたりしていた。

編集者

一九八七年になると、連載していたものが本にまとまるようになった。なかでも「小説新潮」に連載していた、『鞄に本だけつめこんで』は私がとてもやりたかった連載だった。一部の本好きの人は知っているけれど、一般的にはほとんど知られていない本を取り上げて、興味を持った人に読んでもらいたいという気持ちが基本にあった。現在は作家としても活躍されている、松家仁之《まついえまさし》さんが担当してくれていた。単行本の打ち合わせの日にちを調整しているとき、彼から、

「今度、単行本を担当する、出版部の新入社員をご紹介します」

といわれたので、

「どうぞ」

と返事をした。当日、待ち合わせ場所の、井の頭公園近くの喫茶店に出向くと、出

版部部長、松家さん、そしてショートカットの細身のかわいらしい女性が座っていた。アイドルの小田茜《おだあかね》にそっくりで、クリーム色のひらひらしたワンピースを着ていた。それが中瀬《なかせ》ゆかりさんだった。

部長と松家さんが話をしているのを、彼女は黙って聞いていて、自分から進んで話をしようとはしなかった。会社に入ってまだ間がないので慣れないのだろうなと思っていると、松家さんが気を遣って、

「中瀬さんはどうなの」

と水を向けた。すると彼女は、最初は小声で慎ましく話していたのに、だんだん声が大きくなってきて、私は、

(面白いなあ)

と思いながら話を聞いていた。まじめそうといっても堅苦しくなく、とても感じのいいお嬢さんだった。

しかし当初は新入社員で緊張も伴っていたであろう彼女は、あっという間に環境に慣れて、新人とは思えないほど、てきぱきと仕事をこなしてくれた。いたずら電話や、面倒くさい電話がかかってくるなかで、受話器を取って、

「ああ、群さん、中瀬です」

　と彼女の明るい声が電話口から聞こえると、救われたような気がした。そして「小田茜ちゃん」「ひらひらしたワンピース」といった、かわいらしい女性を表現するアイテムも、いつの間にかふっとんでしまい、

「あのクリーム色のワンピースの女性は、どこにいっちゃったんでしょうかね」

　と聞きたくなるくらい、彼女のファッションは変貌を遂げていた。私は彼女と会うたびに、仕事の話は一割であとの九割は無駄話をしていた。

「どひゃひゃひゃひゃひゃ」

　と大笑いする彼女の姿を見ては、

（こいつ、なんでこんなに面白いんだ）

　と驚嘆していた。

　ただ面白いだけの人はたくさんいるが、彼女はそのうえ仕事がとてもできた。こちらがすべてをいわなくても、的確に勘取る能力がすばらしくて、とても助けられた。装幀に関してもいろいろとアイディアを出してくれて、『鞄に本だけつめこんで』は、安西水丸《あんざいみずまる》さんの装画で、とても素敵な本になった。男女雇用機会均等法施行後、はじ

めて入社した世代だが、彼女は異彩を放っていた。私は彼女のことを陰で、「新潮社のあばれ太鼓」と呼んでいた。

その頃は、編集者に会うと、必ずといっていいほど、他社の担当は誰かと名前を聞かれた。特別に隠すことでもないと思ったので、正直に話すと、

「ふーん、仕事ができる人ばかりですね」とか、

「あの方が担当なんですか」

と驚かれたりした。私はそれが何を意味するかはわからなかったのだが、担当者でその物書きがどう思われているかを判断しているのだと教えてもらって、何も考えていなかった私はびっくりした。

業界内で、あいつはできると一目置かれている編集者が担当だと、「おっ」と判断され、そうではない人が担当だと、「ああ、なるほどね」と思われるらしい。当の物書きの作品ではなく、編集者で判断されるって、いったい何なんだろうと、わけがわからなかった。女性の編集者には聞かれたこともあるが、フリーのライターには聞かれたことはない。男性の場合は、編集者にもライターにも聞かれた。そういった、私にとっては気にもとめないことで、気を揉む人がいるのもわかったのだった。

私は物書き専業になって三年ほどだったが、単行本の校正を見るのがとてもいやだった。というのも校正というよりも、添削をしてくる校正者がいたからだった。たしかに私は未熟だし、知らない言語もたくさんあるので、編集者、校正者にチェックしていただかないと、まずい状態ではあった。知識豊富なベテラン校正者からすると、

「こんなくだらないことを書いて」

と腹立たしかったのかもしれない。

校正者に教えていただくことも多く、なるほどと勉強になった事柄もたくさんあったが、なかには、そんな私からしても、

「それは度を越してませんか」

といいたくなるチェックがあった。文章にはそれぞれリズムがあり、変にいい回しを変えると、それが崩れる。いつも国語の文法にのっとっているのがいいというわけではないのだ。それなのに、「こんな用法は変」「不適切」などとチェックが入った。編集者も、私が若かったからかもしれないが、今よりもずっと校正者の態度は強かった。

「よほど間違っているのなら直す必要があるでしょうが、問題ないです」

といってくれていたので、用法が変だろうが何だろうが、これでいいんだと押し切っていた。それはまだいいのだが、文章に赤をいれてきて、まるで赤ペン先生みたいになっている人もいた。つまり自分の気に入るように文章を添削するのである。これには驚いて編集者に、

「これは校正ではなく添削なので、何とかならないのだろうか」

と相談したものの、やはり社内での年功序列の問題もあり、改善されなかった。そのうちそういうことはなくなったので、担当が代わられたか、異動、退職なさったのかもしれない。

当時は夜型だったので、夕食後に夜中まで仕事をしていた。ある夜、電話がかかってきた。顔見知りの男性からだった。いったい何の用なのだろうかと思っていると、

「ドライブしませんか」

といわれた。

「はっ？　ドライブ？」

唐突にいわれたので、返事に困っていると、

「あと十分もあれば、そちらに着くから」

といわれて、私はわけもわからず身支度をして、マンションの前で待っていた。どうして彼が私の住所や電話番号を知っているのか不思議だった。物書き専業になったときに名刺は作ったけれど、それを彼に渡した記憶はなかった。首を傾げているうちに、彼が運転する車がやってきた。

「お久しぶりです」

と挨拶をして、私は車に乗り込んだ。地理、地図に疎い私はいったいどこらへんを走っているのかわからなかったが、深夜営業の喫茶店に車を止めて、私たちは中に入った。店のおばさんが水を運んできてくれて、それぞれコーヒーを頼み、彼女が去った直後、彼が、

「結婚しよう」

といった。

「はっ？」

私はあっけにとられて何もいえなかった。頭の中に「結婚」という文字がぐるぐると回り、そこで脳内に「結婚したい」という願望の穴が、もともとぽっこり開いていたら、そこにすぽっとはまって状況は変わったかもしれないが、あいにく私のなかに

は「結婚したい」という穴は開いていなかった。脳内に収まる場所がない言葉だけが、頭の中を虚《むな》しく回っていた。すると彼は、

「そうか、やっぱりだめなんだ。いいんだ、いいんだ。そうかわかった」

といい、話をそらしてしまった。

（いったい、何？　これは何なの？）

私の前に勝手に重要な問題が提示され、あっという間に取り消された事案について、必死に考えていた。彼はさっきの自分の発言などなかったかのように、にこやかにまったく関係ない話をしはじめた。私もいつまでもぼーっとしているわけにもいかず、彼の話に相槌を打って、話を合わせていた。その間も、

（前にもあったような気がする……）

と過去の出来事を思い出していた。

本の雑誌社に入社する前、勤めていた会社をやめるのが決まっていたある日、帰ろうと会社を出ると、外注で仕事をお願いしていた、グラフィックデザイナーの男性が追いかけてきて、お茶を飲まないかと誘われたので、喫茶店に行った。そのときも彼は、

「きみと僕は結婚する運命にある」

などといい、今後のことを相談したいなどといわれた。私は付き合ってもいないのに何をいうかと呆《あき》れ、腹が立って彼をどなりつけて涙目にさせ、話の途中で席を蹴って帰ってきた。すると慰謝料のつもりか、私がやめる日に彼は私にお金をくれたのだった。

私は目の前の彼の話に、あはははと笑いながら話を合わせつつ、何でこんなことが二度も起こるのかと、首を傾げるしかなかった。付き合っているわけでもなく、親しく話をしたわけでもないのに、どうして一方的にそんなことをいい出すのか、男性の心理は理解しがたいものだった。私はうれしいというより、

「わけがわからん」

と狐に抓《つま》まれた気分だった。

最先端

前の年に発売された『トラちゃん』は評判がよく、版元の日本交通公社も喜んでいた。本来ならばジャンルが違うのだが、私と同い年の担当編集者が私と同じくとても動物好きで、この本を作ることになった。装幀はどうしようかと考えていると、ある日、彼女が「すごい人がいた」と興奮してやってきた。

「消しゴムをカッター一本で削って、消しゴム版画を作っている人なんですけれど、とにかくそれがすごいんです。あの人は天才だと思う」

それがナンシー関《せき》さんだった。人物が得意なはずなのに、インコやらネコやらをお願いしてしまって申し訳なかったのだが、その表紙はとても評判がよく、私の大好きな本になった。本が出来上がってくると、自分が書いたのだけれど、他人が書いたような感じで好きな本が増えていった。多くの人に読んでもらいたいとも特に思わず、プロとしての意識には欠けていた。ほとんど自己満足の世界だった。

　私が住んでいたマンションは商店街の中にあり、駅からも近くて出版社に原稿を届けるのも便利で、また編集者も吉祥寺に来る口実ができて喜んでいた。しかし私にはだんだん住みにくい部屋になっていった。まず住人のほとんどが、某新興宗教の信者で、私の部屋の左隣に住んでいた小学生の子どもが二人いる、四人家族の大柄な美人の母親が、住人を次々に勧誘していったようだった。

　右隣には大家さんの息子夫婦が住んでいて、か細くて人に頼まれたら絶対にいやだといえないような声の小さな奥さんも、その大柄美人にねじ伏せられたに違いないとふんでいた。私はきっぱりと断ったせいで、挨拶をしてもしばらく無視され続けたが、面倒くさくなくてそのほうがいいと、気にも留めていなかった。隣室の勧誘元のご主人だけは宗教とは関係なかったようで、きちんと挨拶をしてくれたけれど、いつも胸を張って堂々と歩いている奥さんに比べて、彼は細くて猫背で小柄で、彼女の半分しかないような印象を受けた。

　マンションの一階のガラス張りの店舗には、引っ越してきた当時は、設計関係の事務所が入っていて、とても静かだったのだが、その会社が出ていった後に入ったのは、飲茶《ヤムチャ》の店だった。そのとたん二階に住んでいる私の睡眠は妨げられるようになった。深夜、十二時くらいまで営業しているのだが、客商売だからそれがずれこんでいく。深夜になって客が帰るたびに、ドアを開けた男性店員が大声で外に向かって、

「ありがとうございましたーっ」

と叫ぶ。それが響き渡ってやたらとうるさいのである。またその後、夜中の二時、三時まで、後始末をしながら大音響で音楽をかける。私はこれまでそういうことをした経験はないが、あまりのひどさに、

「うるさくて迷惑だから、音をもっと絞ってください」

と二度ほど店に電話をかけた。その直後の一週間くらいはおとなしくなるのだが、しばらくすると大音響は復活した。

若いお兄ちゃんたちが働いているので、若い女性も多く、その店ははやっていて、店の前に行列もできていた。開店前の店の中を見ると、客が食事をするテーブルの上に、自分たちが着替えのために脱いだ、パンツやシャツが広げて置いてあった。

「こういう無神経なことをする輩《やから》なのだから、深夜の大音響も推して知るべし」

こいつらにはいくらいってもだめだろうとあきらめた。大家さんに店の騒音につい

て相談しようかとも考えたが、それはやめて新しい住居を探すほうを選んだ。
家賃は振り込みではなく、七十代の大家さんの家に家賃用の通帳と共に現金を持って行く規則になっていた。母屋とは別に賃貸者用の出入り口があって、そこの正面の壁にはいつも、白人金髪美女のオールヌードの大きなカレンダーが掛けられていた。一年目は、たまたまなのかなと思っていたが、二年目も掛かっていたので、大家さんの趣味だとわかった。奥に声をかけると出てくるのは、赤茶色に染めた髪の毛をお団子にまとめた、色黒仏頂面の大家さんの奥さんで、通帳に受領印を押して返してくれるときだけ、

「ありがとうございました」

とうっすらと笑う。毎月、彼女の肩越しに大股を開いている白人金髪美女の全裸を見させられるのは、何ともいえない気分だった。

環境の変化もあり、引っ越し先を探すために、不動産屋にも聞いてみたが、いい物件はみつからなかった。一階の飲茶店は近所からも苦情があったのか、一時よりは音量が小さくなったけれども、夜寝ていると、畳の下からずんずんと重低音が響いてくる。隣の新興宗教の部屋と私の部屋だけがその店の上にあり、他の二階の部屋の下は、

下駄履き式で駐車場になっていた。家賃は1DKで七万円足らずだったが、それには吉祥寺駅から近いという付加価値も含まれている。私は通勤がないので、駅からバスに乗るのは面倒くさいけれど、歩いて二十分以内の物件だったら、引っ越しOKだった。広さはこれで十分なので、とにかく静かなところで仕事をし、眠りたかった。それでも一年間我慢できたのは、まだ若かったからだろう。

仕事の依頼が次々にあっても、私はまだ自分の仕事の将来について、信用していなかった。著作は少しずつ増えていったが、

「世の中にはどうせすぐに飽きられる」

と思っていた。しかし歳を重ねるごとに、再就職はもちろん、年齢制限によってパートの仕事に就くのもあぶなくなってくる。

「どうせだめになるのなら、とっとと早めになってくれないと、後が困るんだけどなあ」

ベランダに遊びにくるスズメたちに、玄米をあげながら、ぼんやりと考えていた。

当時のいちばんの楽しみは、会社をやめる前からずっと観ていた、TBSテレビの火曜日深夜に放送されていた、「ポッパーズMTV」だった。その番組で私の知らな

いたくさんのミュージシャンを知った。洋楽も好きだが、私は司会のピーター・バラカンさんの大ファンで、そのつながりで奥様の翻訳した本まで買っていた。彼はいわされているのではなく、穏やかにかつ音楽に対して自分の好みをきちんと話すのがよかった。日立マクセルのハイグレードのＶＨＳの１２０分テープに、三倍速ではなく標準モードで番組を録画して、テレビの横に積んでいた。そして次の週まで何度も繰り返して観る。それまでレコードでしか聴けなかった音が、ミュージシャンが気合いを入れて制作して、様々な技術が使われている映像と見聞きできるのが、とても楽しかった。聴覚と視覚の合体にはまってしまったのだった。

まだ本の雑誌社に勤めているとき、私が毎週、この番組を標準で録画しているのを知った、当時は後輩であり、現在は社長になった浜本《はまもと》くんに、

「標準録画はもったいないですね。何十年か経ったら大事な資料になるかもしれないけど、そのときはもっとすごいものが発明されているだろうから、将来そのビデオは全部いらなくなるんじゃないですか」

といわれた。私はそうかなあと疑いつつ、せっせと録画していたのだが、今になってみれば彼のいった通りで、今となってはＶＨＳ、βのビデオテープなど、使ってい

る人はほとんどいなくなった。しかしそのときはこれが最先端の方法で、ずっと使えるものだと信じて疑わなかったのだ。

当時、直木賞作家の胡桃沢耕史《くるみざわこうし》さんと交替で、週刊誌にテレビに関するコラムを連載していた。その際に「ポッパーズＭＴＶ」のことを書き、私がバラカンさんファンなのを知った、某雑誌の編集者が、彼との対談の席を設けてくれた。ハイテンションではない私の人生で、舞い上がった出来事のひとつである。赤坂プリンスホテルの旧館でお目にかかり、名刺をいただき、

「妻が『本を買っていただいてありがとうございます』といっていました」

といってくださって恐縮した。

想像していた通りの知的で穏やかな方で、私のようなぽっと出の、ただの音楽好きの体験話も、うんうんとうなずきながら聞いてくださった。頭に血が上って何を話したのかよく覚えていないが、ジャニス・ジョプリンや、私が二十歳でアメリカに行ったとき、しつこいほどラジオから流れてきていた、ヴァン・マッコイの「ハッスル」、ザ・ブラックバーズの「ウォーキング・イン・リズム」、エルビス・コステロの話をした記憶はある。

彼の日本語はとても自然だった。イギリス在住のお母様について、

「おふくろが……」

といったのがとても印象的だった。日本にいる外国人で、自分の母親のことを、「おふくろ」という人はほとんどいないのではないか。私は目の前で彼の姿を目にしているのにもかかわらず、話しているうちに彼が外国人であることを忘れてしまい、子どもの頃に見た、クレージーキャッツやザ・ドリフターズのギャグの話を、こういうの、ありましたよねといった調子で話した。すると、

「ごめんなさい。ぼく、そのときまだ日本にいなかったので」

といわれて、ああそうだ、彼は日本で生まれた人ではなかったと気づくほど、話す言葉にまったく違和感がなかった。別れ際、

「お目にかかれて光栄でした」

と挨拶をすると、

「ふつうの人だったでしょ」

とさらっといわれたのも格好よかった。帰り道、もうこの思い出だけで、一生、彼氏がいなくても、結婚しなくてもいいと思った。

新居

出版関係のパーティーといったら、以前勤めていた会社で、私の一冊目の本の出版記念の会をしていただいたくらいで、ほとんど縁がなかった。人の集まる場所は好きではないし、そういう時間があったら、本を読むか編み物をしたいと思っていたので、様々な会のお誘いをいただいても、すべて欠席していた。連載していた「月刊カドカワ」から、パーティーの招待状をいただいて、同じように無視していたら、編集長の見城《けんじょう》さんから、

「それもいいけれど、こういう場所にも一度、来てみたほうがいいよ。僕の考えを押しつけるわけじゃないけど」

と電話をもらって、それもそうかもしれないと出かけることにした。

場所がどこだったか記憶はないが、私は素人丸出しで、あ、あそこにあの人が、こ

とても緊張した。お酒を手に人々はあちらこちらを移動して楽しげにしていた。私はオレンジジュースを手に、じーっとそれを観察していた。そんななかで部屋の隅に何やら発光している物体があり、そちらに目をやると、そこに人々から離れてうつむき加減に立っている男性がいた。尾崎豊《おざきゆたか》だった。

それまで彼の写真は何回も雑誌で見ていたが、実物はその何十倍も美しかった。私はあんなにきれいな男の人を見たことがなく、まるで後光が差しているかのようだった。そこには他にも超有名人がたくさんいらしていたが、彼ほどのオーラを感じた人はいなかった。たった一人でぽつんとそこにいたのも、彼らしかった。しばらくすると一人の女優さんがやってきて、彼に話しかけた。すると彼はにっこりと笑い、二人で親しげに話しているのを見て、ほっとしたのを覚えている。私は背中にたくさんの吹き出物があるモデルさんが、背中が大きく開いたドレスを着ているのを見て、どうしてよりによってあのデザインを選んだのだろうと首を傾げたりしながら、一時間ほどそこにいて、早々に家に帰ってきた。後年、尾崎豊とその女優さんの噂が出たとき、私はああなるほどと納得したのだった。

引っ越したいとずっと思っていたのが、通じたのか、頼んでいた不動産屋から、いい物件が出たと連絡をもらった。そこは吉祥寺と西荻窪《にしおぎくぼ》の中間にある、静かな住宅地のなかのこぢんまりとしたマンションだった。気に入ったのは陽当たりのよい東南の角部屋で風通しもよく、隣にある大家さん宅の広い庭の木々が見渡せることだった。住宅地なのに森の中にあるような雰囲気もよかった。すぐに私はそのマンションの契約をした。これまでのように駅に近いわけではないけれど、ここだったら深夜まで騒ぐ人もおらず、静かに生活できそうだった。散歩がてら西荻窪にも吉祥寺にも行けるのもうれしい。広さは前の部屋とほぼ同じくらいで、家賃は五千円高くなった。

白人金髪美女のヌードカレンダーが掛けてある部屋で、仏頂面の大家の奥さんに、

「更新せずに退去します」

と告げると、彼女は、

「ああ、そうですか」

と静かにいってかすかに笑った。敷金は部屋の状態を見て、不都合なところがあったらそこから差し引いて返金してくださいと、新しい住所を渡して念願の引っ越しができた。

新しい部屋は二方向に窓があり、大家さんの庭側の窓からはいつも緑が見えた。窓際に机を置いて仕事をしていた私は、目を上げると見える木々の枝に留まっているスズメやカラスやハト、庭をご近所の家ネコ、外ネコが歩く姿、大家さんの飼いイヌがのんびりとテラスで寝ている姿などに、心がとても和んだ。

引っ越ししてしばらくすると、前のマンションの大家さんから達筆な筆文字のハガキが届いた。敷金の件は了解したこと、私が雑誌に書いた原稿を読んだことが書いてあったのだが、最後に唐突に本文より大きな文字で、

「精液は栗の花の匂いがします」

と書いてあった。

「こりゃあ、何だ？」

何度考えてもわからず、不気味だったのでそのハガキは捨てた。そして敷金の件はうやむやになって、その後、何の連絡もなかった。

その角部屋の部屋に引っ越してからは、私はほとんど吉祥寺に行かなくなり、西荻窪ばかりをうろついていた。お店のオーナーの趣味があふれた、アンティークの皿、人形、布、ガラス器の小さな店が多く、ただのがらくたの山のように見えるが、実は

そのなかにお宝があるかもと思わせるような店など、様々な店があった。自然食品店や店頭にせいろを置いて酒饅頭を蒸している和菓子店もあったり、飽きることがない。ガード下の飲み屋では午後四時にはすでにできあがっているおじさんたちがいて面白かった。

この年は単行本は一冊、文庫が二冊出る予定だった。他に連載は何本かあり、それで十分生活できた。ちょうどバブル期にあたり、私だけではなくそれだけ世の中で本が売れていたのである。文庫の初版は刷り部数が少ないところで五万部から八万部。多い出版社だと最初から十万部以上だった。増刷もしてもらった。しかし先はどうなるかわからない。本が売れるということはその逆もあるということである。ただ生活費がそれほどかからないので、私の通帳にはお金が貯まっていった。それを見てもうれしさなどはなく、これでまた三、四年、無職になっても生活できる目処《めど》がついたと安心しただけだった。

新居の環境はとてもよかったけれど、壁が薄いのは問題だった。私の部屋は二階で上下の音はほとんど聞こえなかったが、隣の音はほとんど筒抜けだった。隣室に住んでいるのは、見た感じと部屋にいる日が火曜日だったので、美容師の夫婦と想像していた。休日も二人で出かけてほとんど部屋にはいなかったが、深夜は部屋にいる。夫婦なのでそれなりに夜の生活もあり、音声を消すためか、必ず「ラストエンペラー」をかけるのだ。そのときはまだ私は十二時くらいまでは仕事をしていたので、その曲がかかると、

「ああ、またはじめるのか」

とワープロのキーボードを叩いていた。いつもその曲はすぐに終わっていた。

私が引っ越してから半年ほどして、彼らは引っ越していき、次の住人は小柄だが、今でいえば黒木《くろき》メイサのような超美人の女子大生になった。彼女が挨拶にきたわけではなく、たまたま帰宅時間が重なったときに、顔を合わせて挨拶をしただけだった。その態度から、同性には人気はないけれど、異性からはさぞかしもてるだろうと思ったが、予想通り毎日違う男子学生が列をなしてやってきた。

あるときはまだ午後三時だというのに、男子五人が彼女を送ってきたり、一人でマンションの階段の前に立っている子もいた。まさにきれいな一輪の花に、無数の虫がたかるといった様子だった。しかし女子学生が遊びに来たのを見たことはなかった。

とにかくドアの前の声も、室内の声も筒抜けなので、私は、

の部屋の入口だけ、他の部屋とは違って、通路に沿った並列ではなく、通路の突き当たりに作られていたため、ドアスコープからのぞくと、二階の通路が見渡せる作りになっていた。女子大生は複数の男子を、

「あなたは部屋には入れられない」

と宣言して選別していた。

私はドアスコープからののぞきをやめると、ワープロのキーボードをぽこぽこと押して、仕事に集中した。どういう基準かわからないが、彼女の審査に合格した男子の、ハイテンションの明るい笑い声が壁越しに聞こえてくる。しかし陽が落ちて暗くなってくると、自発的に帰る男子もいれば、

「ねえ、まだいいじゃない、ねえ」

とすがる男子もいた。すると彼女は、

「だめ、さよなら」

とドアの外に追い出していた。そのへんはちゃんとしているようだった。

そのうちやってくるのがきまった男の子になった。それまでとっかえひっかえやってきた男の子たちは、見事に潮が引いたように、全員姿を見せなくなった。選ばれた男子は、日に焼けている長身のマッチョ体形だった。私はまたドアスコープからのぞきながら、

「あいつはだめだ……」

と小声でつぶやいた。おれはもてるという自意識過剰の自信満々の表情。中身も年相応に充実しているとは見えず、私は彼女たちとは何の関係もないのに、お互い外見でくっついたのかもなどと考えていた。

彼は半年間、熱心に通っていた。週に何度かは音楽はかけないけれど、日中から「ラストエンペラー」タイムになっていたが、そのうちぱったりと姿を見せなくなった。別れたのかなと思っていたら、ある日、午後四時くらいに突然やってきて、

「いるんだろ、開けろ！」

と怒鳴りながら彼女の部屋のドアを蹴飛ばし、部屋に入った後は、浮気をしたと彼女を大声で罵《ののし》り続けていた。彼女も号泣しながら、あんただって浮気したと大騒ぎになっていた。万が一、暴力沙汰になったりしたら、おばちゃんが出ていったほうがい

いかと気を揉んだが、幸い、彼は手を出さなかったようで、一時間ほどで部屋を出ていった。

それから三日して、別の男子がやってきた。前の彼とは正反対の色白で細身のお公《く》家《げ》さんみたいな男子だった。

「もてる女の子ってこういう感じなのね」

私は自分が体験できなかったことを彼女から学ばせてもらい、とても勉強になった。

平成

バブル絶頂期で、世の中は浮かれていた。某出版社は編集者一人に対し、一週間の交際費の限度額が三十万円という話が耳に入ってきた。広告業界が特に華やかだったり、不動産の利鞘《りざや》が億単位になった人もいたり、芝浦ＧＯＬＤ、青山のキング＆クイーン、麻布十番マハラジャといったディスコで毎晩遊ぶ人たちの姿が、ニュースなどでも報じられていた。ジュリアナ東京は、このときまだ出来ていなかった。私はディスコには行ったことがなかったが、夜遊びする若者がタクシーを使うので、夜はタクシーがつかまりにくいのは経験した。ワンレンで真っ赤な口紅、赤や緑色の露出の多いボディコンの服を着た女性たちが、夕方になるとディスコの最寄り駅からわんわんと湧き出てくるのを見て、周囲の会社員との服装の差に、びっくりしたこともある。

一方で紺のブレザーに、ジーンズ、ワンピースなどを合わせる、渋カジというファッションもはやりはじめた。親世代は「やっと若者らしい、まともな服がはやりだした」とほっとしていた。ディスコ系の前はDCブランドが人気で、若者たちが高額な服を購入していた。カラス族と揶揄《やゆ》されたファッションも登場した。黒い服で穴が開いていたり、ぞろっと丈が長かったりするので、親世代からは「黒くて汚らしい」などといわれて理解されなかった。しかし私は紺や黒の服が好きだったこともあって、これらの服のおかげで、制服か喪服だった黒や紺が、日常のファッションとして着られるきっかけになった功績があると思っている。

またテクノ系の流れを受けて、カラス族の女性で刈り上げにしている女性も多かった。そういった服にはいわゆる女性らしいヘアスタイルは、ボブ以外、ほとんど似合わなかった。男性があまり好ましく思わない、女性が着る黒や紺、おまけに刈り上げで、「一生、男と縁がない女たち」ともいわれていた。それが真実かどうかはわからないが、少なくとも外見で男性の気を引かなくてもいい、男性に依存しないというアピールをしているのは、ファッションの転機だった。しかし私は、もちろんボディコンでもカラスでもなく、当時話題にものぼらなかった着物を、ただひたすら買っていた。

ひねくれている私は、「こんなうまい話がずっと続くわけがない」と相変わらず自炊をしている地味な生活で変化はなかったが、私もバブルの恩恵にあずかり、預金通帳には見たこともない金額の数字が続き、一冊、新刊が出ると、芋づる式に過去に出した本に増刷がかかった。次々と大金が振り込まれるのが恐ろしくなり、これは遣ってしまわないと、自分がだめになってしまうと思い、二十代の後半に着物を何枚か買って以来、再び着物を買いはじめたのである。

世の中が浮かれている一方で、天皇陛下の体調が思わしくなく、NHKが淡々と日々の容態を報告していた。まさに陰と陽を見る思いだった。そのとき私ははじめて「下血《げけつ》」という言葉を知った。松の内の最終日に天皇崩御が伝えられ、元号が「平成」となった。昭和生まれとしては、過去の人になったような気分だった。

大喪《たいそう》の礼は最初は棺《ひつぎ》を乗せた車が都内を移動していたが、斎場内に入ると古式装束の人々が登場したり、雅楽が奏でられたりして、古い装束をつけた人々が棺が安置してある立派な輿を担いで、少しずつ歩いていった。このような次第で行うのかとか、皇室の方々は、古式の衣裳ではなく洋装なのだなとか、驚きつつテレビで観ていた。ボディコン姿で太ももあらわに女性たちが毎晩踊っているのと、この風景が同じ次元で存在しているのが不思議だった。

この頃、新聞でコラムの連載がはじまっていた。担当の年配の男性に、

「書きたいように書いてください」

といわれたので、ふだんと変わらない調子で書いていたところ、早々に、「もうちょっと原稿内容を考えてもらえないか」といわれた。こちらとしては話が違うので、どうしてかとたずねても、彼は理由をいわない。理由をいわれないのでは納得できないので、そう返事をして毎週、原稿をファクスで送っていたら、再び「原稿の内容を考えて欲しい」といってきた。だからそうおっしゃる理由は何ですかと聞いたら、私の文章を気に入らないおばさんがいて、こういった原稿を載せるのならば、新聞の不買運動をするといってきたという。そこで彼は私に、内容を変えろといってきたのである。

「不買運動をされるほど、内容に問題があると思えませんが。その人は私の原稿のどこが気に入らないのか、教えてくれませんか」

そういってもその女性は、ただ私の原稿を載せるなといっただけで、どこが気に入らないのかいわなかったという。そんな根拠がない苦情で、原稿の書き方は変更でき

ないし、

「書きたいように書いてよいといったのは、あなたのほうではないですか。気に入らないのであれば、連載を打ち切ってください」

と私はいった。するとまた彼は、もごもごと口ごもって電話を切った。彼から連載打ち切りの話も出ないので、機械的に原稿を送っていたら、また半月後、

「原稿の内容を変えろっていっただろう！」

と電話に出たとたん、彼に怒鳴りつけられた。気に入らないんだったら、連載を打ち切ってくれっていったでしょうと私も怒った。するとまた彼はもごもごと口ごもって、音を立てて電話を切った。

気にくわない人もいたようだが、この新聞の連載のおかげで、私が出した本のすべてに増刷が何度もかかった。新聞に書いた影響は確実にあった。結局、彼からは連載打ち切りの話は出ないまま、最初にいわれた回数まで機械的に原稿を送り、先方からも受け取った旨の連絡もなく、終わったときの挨拶もなく連載は終了した。後日、彼は、「本当にあの人には困った」と私がいかにひどい人間か愚痴っていたと、社内の人から聞いた。教えてくれたその人は、

「あの人は自分の得になることしか考えてないんだよ。社内でもあまり評判がよくないんだ。気にしなくていいよ」

と慰めてくれた。連載を打ち切りにできなかったのも、私をクビにした理由を詮索されるのがいやだったからだろう。仕事としては私の名前を知ってもらえるきっかけになってよかったと思っている。

テレビも興味をそそる番組がたくさんはじまり、特に前年の秋からはじまった、「やっぱり猫が好き」は毎週楽しみに見ていた。出演しているのが私の好きな女優さんたちで、深夜、三姉妹を演ずる彼女たちの、台本なのかアドリブなのかわからない台詞《せりふ》もとても面白くて、火曜日の夜が待ち遠しくて仕方がなかった。週刊誌で「やっぱり猫が好き」について書いたのをきっかけに、人間関係や私の仕事が変化していったのは、このときは想像もしていなかった。

元号が変わってもバブルの影響は続いていた。ＯＬが海外旅行をしてブランド品を買い、金儲けに走る人たちは、不動産を買い漁っていた。本が売れるのはありがたかったけれど、どう考えてもこんな状態がずっと続くわけもなく、いつまでたっても世の中の浮かれた流れには乗れなかった。しかしもともと貯蓄や資産には興味がなかっ

た私は、

「不動産を買ったらどうですか。今だったら印税を前渡しすることも可能ですが」

と出版社からのありがたいお申し出も辞退して、賃貸マンションに住み続けていた。

引っ越したマンションの部屋自体は、とても気に入っていたが、壁の薄さだけはどうにもならない。男性関係が激しかった隣室の女子学生も、ぱったりと男の影が消えた。ときおり年配の男女の話し声が聞こえ、どうやら両親がやってくるようになっていた。それも抜き打ちらしく、

「えっ、何で、どうしたの？」

とドアを開けた女子学生の驚く声が聞こえてきた。両親のカンが働き、娘が何かやらかしてないかチェックしに来たのだろう。それを聞かされたら交際していたお公家さんみたいな男子も、彼女の部屋には入り浸れないので、部屋で会うのは避けたのだろう。

ある日、外出から帰ってきて、マンションの階段を上がろうとしたら、一階のドアが開き男性が顔を出した。こんにちはと挨拶をすると、彼がぺこりと頭を下げたのはいいが、ドアを閉めずにずっと私がどこの部屋に入るのかを見ている。二階に上がっ

て廊下を歩いていったとたん、ドアが閉まる音がした。彼は階段の下に立っていることが何度もあった。誰かが不審者がいると通報したのか、パトカーが来て彼に職務質問をはじめた。彼は激昂《げきこう》してわめき散らしていたが、警察官が、

「待ち伏せなんかしたら、相手は女の人なんだから怖がるでしょう」

と諭していた。住人同士でトラブルがあるのかと少し不安になった。

その後、男性はいなくなった。後日、大家さんから彼が家賃を滞納していたと聞いた。それを催促したとたん、「上の階に住んでいる女が、うるさく音を立てるので寝られない。録音テープも取ってある。欠陥のある部屋なのに家賃は払えない」といいだした。大家さんが「それなら録音テープを聞かせて欲しい」といっても持ってくるわけでもなく、彼の上の部屋に住んでいる女性にもたびたびクレームをつけて怯《おび》えさせていた。これらのトラブルで彼には出て行ってもらい、結局、家賃は踏み倒されたという。話には聞いていたが、現実にそういう人がいるとわかり、またそれをやらかす人の顔も直《じか》に見てしまったので、集合住宅の怖さを知ったのだった。

鷺沢さん

このころ私は鷺沢萠《さぎさわめぐむ》さんと知り合った。共通の担当者の結婚式に出席した帰り際に、彼女が、

「鷺沢です。はじめまして。いつも御本、拝読しております」

と丁寧にご挨拶してくださったのが最初である。彼女が文学賞の新人賞を最年少で受賞して、美しい容姿と相俟《あいま》って華々しくデビューしたことは、もちろんよく知っていた。出版社主催のパーティーに顔を出していれば、その際に会う機会もあったかもしれないが、私は出版社主催の、ホテルでの大がかりなパーティーに出席してみて、

「ここは私が居たいと思う場所ではない」

と判断したので、案内をいただいてもすべて無視していた。彼女は当時、上智大学外国語学部の学生だった。

彼女は、

「これからお帰りになるのだったら、私、車で来ているのでお送りします」

と申し出てくれた。まだ夕方だったので、電車でも十分帰れる時間帯だったが、彼女が熱心にそういってくださるので、車に乗せてもらった。代車ですみませんと恐縮しながら、しばらくハンドルを握っていた彼女は、突然、

「あっ」

と小さな声を上げた。どうしたのかと助手席から彼女の顔を見ると、

「あのう、すみません。お送りするの、最寄りの駅まででいいでしょうか」

という。

「もちろん。ありがたいです」

「す、すみません、家の前までじゃなくて」

「いいえ、とんでもない」

彼女はハンドルを握りながら、何度も頭を下げた。車の運転はとても強気で、対向車の運転手が苦笑したり、びっくりした顔をしたりしていた。彼女はいちばん上のお姉さんが、私にそっくりなのだといっていた。

彼女は、

「書くのって面倒くさくなるときってないですか」

と聞いた。

「ありますよ。私はぎりぎりまでさぼって、急にがーっとやるタイプだから。ちゃんと毎日、まじめに書けばいいんですけどね」

「私、最近、全然、やる気が起きなくて」

「そうなの、どうして」

「芥川賞、ミスっちゃったし」

「ああ、そうねえ」

彼女の作品は候補にあがっていたが、受賞には至らなかったのだ。それに対して、「ミスった」という彼女の表現に、ああ、そういう感覚になるのかと意外だった。私の感覚でいうと、候補になったらまな板の鯉《こい》の状態で、あとは選ばれるか選ばれないかだけで、結果については作家の責任ではないと思うのだが、彼女は選考委員に自分の作品を、選ばせることができなかったという思いがあったのかもしれない。本気で作家になった人は、心構えから違うものなのだと、私は感心した。

私は、まだまだ若いのだから、のんびりやればいいじゃないの。あなたの文才はきちんと評価されたんだし。私なんかずるずるっと書く仕事をはじめちゃったから、どうもいまひとつ自覚が足りない、などと話した。

「はあ、そうですかあ」

とうなずいた後、しばらくして彼女は、

「あの二人、別れると思うんですよね」

といった。あの二人とはさっき出席した結婚式の夫婦のことである。

「えーっ、どうして？」

私は笑いながら聞いた。結婚式に呼ばれた帰りに、こういうことをいう人が、とても面白かったからである。

「だって、並んでいてもしっくりこなかったもん。二人ともとてもいい人だけど、結婚したら合わないと思うなあ」

「ああ、そうかしらねえ」

私はただ呼ばれてぼーっとその場にいただけで、並んで笑っている二人が、しっくりくるとか、こないとか、まったく考えなかった。めでたいとしか考えていなかった。

「相手が群さんだから、別れるかどうか賭けるのはやめておきます」

「ふふふ」

私たちは、ああだこうだと世間話をしながら、吉祥寺駅に到着した。

「ここでいいですか。すみません、お声をかけたのに中途半端で」

彼女はまたまた恐縮していた。本来ならば西荻窪駅のほうが近いのだが、井の頭通り沿いのほうが便利がいいだろうと、そこで降ろしてもらった。車から降りながら御礼をいうと、

「いいえ、あのう、これからもよろしくお願いします。そして群さんのことを、よろしければ、おねえちゃんって呼ばせてもらってもいいですか」

私はそんなふうにいわれたことがなかったので、少しびっくりしたが、

「いいですよ」

と返事をすると、彼女はにっこり笑って井の頭通りをUターンしていった。彼女の担当編集者や親しい人たちは、「めめちゃん」と呼んでいたが、私ははじめて会った彼女を次に会ったときから、そう呼ぶのはどこか気恥ずかしかった。

その後、共通の知り合いのラジオ局に勤めている女性が声をかけてくれて、二人で

彼女が住んでいるお宅に遊びにいった。待ち合わせ場所の田園調布《でんえんちょうふ》駅に行くと、すでに鷺沢さんがいて、私の姿を見たとたん、

「おねいちゃーん」

と手を振った。「おねえちゃん」ではなく、「おねいちゃん」だった。私のほうは相変わらず「鷺沢さん」だった。女性の家は敷地が三百坪の見事な芝生の庭がある豪邸だった。

「田園調布、懐かしいなあ」

鷺沢さんも以前、家族でこの場所に住んでいた。しかしその家でお父さんが急逝して引っ越したのだった。女性の家には高齢のワンちゃんがいて、来客が自分に挨拶をしないと、ずっと吠え続けるというので、私たちは彼女がワンちゃんの体をさすえて、こちらに顔を向けている間に、「こんにちは」「こんにちは」と挨拶をした。するとすぐに納得してくれたようで、おとなしく自分の寝る場所に移動していった。

その日、病院帰りだった鷺沢さんは、バッグの中の薬袋を、案内された部屋のテーブルの上にのせた。そのときはじめて、彼女の松尾《まつお》さんという本名を知ったのだった。

私は見事な庭を眺めながら、まるで地方の名旅館に来たようだというと、

「本当だよねえ」

　と鷺沢さんもうなずいた。大邸宅が多いので隣家と密接しているわけではなく、交通量が多いわけでもないので、しーんと静かなのである。木造のしっかりとした古い造りのお宅も素晴らしくて、居ろといわれたらいつまでも居られるような場所だった。

　そこで夕方まで話して、たしか鷺沢さんは用事があるからと、そこからタクシーに乗り、方向が同じならば途中まで送っていくといってくれたが、方向違いの私は電車に乗って帰ってきた。

　それ以降、何度か会ったけれど、そのたびに鷺沢さんはちょっと怒っていた。そうであっても、それほど深刻そうではなく、

「ねえ、おねいちゃん、聞いてよお」

　と苦笑といった雰囲気だった。彼女が雑誌主催の文学賞を受賞したのにもかかわらず、編集部がその雑誌を送ってこないと、私に話した。

「それはひどいね」

「そうでしょう、ねっ、おねいちゃんもそう思うよね」

「思う。失礼だよ」

「うん、そうなんだよ。でもさあ、ちょっとそういうのって、いいにくくって……」

「うーん、それはそうだねえ」

私とは何の接点もない雑誌なので、役に立てるわけでもなく、困ったものだと考えていると、突然、

「おねいちゃん、私、ちゃんといってみる」

と彼女が決意したようにいった。

「そのほうがいいよ。間違ったことをいっているわけじゃないし」

「そうだよね」

その後、きちんと雑誌は送られてくるようになったと聞いた。

また出版社主催のパーティーで、彼女と同じ賞をずっと前に受賞した男性がやってきて、彼女の小説に関して、批評しはじめた。とりあえず彼女は、

「はあ」

とおとなしく聞いていたが、結局、何をいいたいのかわからなかったという。

「鷺沢さんとお話ししたかっただけなんじゃないの」

「えーっ、それならそういえばいいじゃゃん。私、最近、そういった人たちから、よく

話しかけられるんだよね。それも『お前もがんばれ』的な。でもね、みんな受賞してから目立った活動なんかしてない人ばかりなんだよ。こういっちゃ何だけど、きっとおねいちゃんも、知らない人たちだよ」

家に帰って彼女から教えてもらった名前を調べてみたら、たしかに彼らは賞は受けているが、その後、目立った出版活動はしていなかった。受賞つながりで世の中の注目を浴びている彼女と、お近づきになりたいと思う人もいたのだろうが、彼女にとっては的外れな批判や、頼みもしないのに文章表現に関して、あれこれいわれたりして、とても迷惑だっただろう。華々しくデビューを果たし、そのうえ美貌も備わっていたら、様々な人たちが近寄ってきて、面倒くさいことも多々あるだろうなあと、私は鷺沢さんに深く同情した。

税金対策

これまで私は、ただお金の出入りを記帳して、税金を申告していただけで、とても無頓着だったが、経理をお願いするようになった税理士さんが、

「経費が少ないので、このままではほとんど税金に取られてしまいます。家でする仕事なので、家賃は全部ではないけれど、割合で経費として認められるので、もっと家賃が高いところでもいいんじゃないでしょうか」

とアドバイスしてくれた。ああ、なるほどと思ったが、この場所が気に入っていたし、顔なじみになって交流できるネコも複数いたので、引っ越しは考えていなかった。しかし、部屋の壁が薄いのはどうにもならず、ある程度は隣の物音が聞こえない物件のほうがいいかもしれないと考えはじめた。

散歩がてら、駅周辺の不動産屋の店頭にある物件の貼り紙を見て、広さと家賃の相

場を研究した。不動産屋も、勤め人でないという女に、物件は紹介できないだろうと、どういう仕事かと聞かれたときに渡すつもりで、散歩のときはいつも文庫本を二、三冊バッグに入れて持って出ていた。

ある日、いつもより足を延ばして、駅の反対側まで歩いていたら、一軒の不動産屋があった。何気なく中をのぞくと、店内には中年の男性と私よりも少し年上の女性が二人働いていた。私はそれまでの不動産屋にありがちな、横柄な雰囲気がまったく感じられない彼らの姿を見て安心して、店頭の物件案内も見ずに、つい中に入ってしまった。想像どおり不動産屋の人々はみんなとても感じがよく、私が東京出身と知っても、それであれこれと詮索するわけでもなく、

「ああ、そうですか」

といっただけだった。そして本を渡すと、一人の女性が私の本を読んでくれていて、

「まあ、こういうこともあるんですね」

と驚いていた。希望の家賃を話すと、社長の男性が、

「それだけ払うんだったら、買っちゃったほうがよくない？」

といった。

「でも頭金がないし、気軽に引っ越せないじゃないですか」

「ああ、そうだね、それはあるよね」

彼はうなずいて、女性の一人に、

「あそこと、すぐそこを案内してあげたらどうかな」

といい、女性もファイルから物件を確認して、

「そうですね。いいと思います」

といって、物件を二か所見せてもらうことになった。

二か所とも徒歩でいける範囲で、最初は駅から七分ほど離れているマンションまで連れていってくれた。担当してくれた女性は、

「最近は女性のひとり暮らしが増えたのだけど、人を選ばないと困ることが多くなったんですよ」

と顔をしかめた。彼女の話によると、見るからに昼のお勤めではなさそうな、派手できれいな若い女性がやってきて、マンションを探しているという。それが複数回あった。彼女たちが希望する家賃も高かったが、とりあえず会社に勤めているようだったし、店としては深入りせずに、すべてのデータを報告し、面接をして大家さんが納

得したらよしとして仲介していた。

　ところがその若い女性たちが、突然、失踪してしまう出来事が連続した。彼女たちは同じ会社に勤めているわけでもなく、別々に賃貸契約を結んだ人たちなのにである。家具や衣類など下着まで、彼女たちが使っていた生活に必要なものを全部部屋に残して、連絡が取れなくなった。家賃が支払われなくなり、彼女たちへの催促の電話も緊急連絡先にもつながらず、あわててマンションを訪ねてそれが発覚した。事件性があったら大変と、警察にも連絡してとにかく大騒ぎになったという。

「通常の業務にも支障が出るし、女性の住まいだと男の人が片づけに手を出すわけにいかないでしょう。どうしても私たちがやらなくてはならないので」

　結局、どのケースも調査した結果、彼女たちは見つかり、

「家賃の高いところに住んでみたかった」

　といった理由で契約し、お金がなくなると逃亡といったケースだったらしい。

「あとでわかったのですが、その人たちはアダルトビデオっていうんですか、それに出ていた女優さんだったんです。会社の実態も怪しかったらしいし、もしかしたらみんな騙《だま》されていたのかもしれないですね。でも部屋の状態は本当にひどかったです。

それを全部、私たちが片づけたんですよ」

へえ、そんなこともあるのかと話を聞いていた。一軒目のマンションは、南向きで陽当たりはよかったが、下の階、隣、上の階にそれぞれ子供が複数いて、あちらこちらから声が聞こえたので、ちょっと厳しいかなとお断りした。

「そうですね、それでは戻りながら、一番のおすすめのところに行きましょうか」

そのマンションは百世帯ほどが入っている大型マンションだった。駅から二分ととても近い。私はそういった大型マンションに住んだ経験がなかったので、いったいどういう感じだろうかと興味津々だったが、九階の2LDKのその角部屋はとても静かで、駅に近いながら、電車の音はまったく気にならなかった。建物の中も静かだった。

「ここは管理人さんが常駐していますし、ゴミの集積場もとてもきれいにしてくれています。オートロックだし、安心できると思いますよ」

多少、水圧の問題で、トイレの水の出が少なめで、タンクに溜まるまでとても時間がかかるのが気になったが、一人で住む分にはまったく問題がなかった。角部屋なので窓も多く、1LDKの今の部屋に比べて、廊下もあるしとても広々として見えた。とにかく他に独立した部屋があり、そこにドアがあるというのが、「家」という感じだった。

私はその部屋が気に入り、後日、大家さんと契約した。万単位が二桁になる家賃などそれまで払ったことがないので、ちょっと緊張したけれど、預金通帳を眺めながら、

「まあ、大丈夫かもしれない。払えなくなったら引っ越せばいいし」

と楽天的に考えていた。そのマンションは分譲賃貸で、部屋ごとに所有者が異なっていた。私が部屋を借りた大家さんは、他にも同じマンションに賃貸物件を二部屋持っていて、

「あの部屋は女性が一人で住むのに、ちょうどいいと思いますよ」

といってくれた。周囲の人がみな好意的なのがありがたかった。

仕事をしながら、荷造りをする時間は取れなかったので、何度も往復して台所用具や衣類などは徒歩で新しいマンションに運んだ。それまではずっと布団で寝ていて、ベッドなどの家具らしい家具を持っていなかった。ここできちんと購入したいと、中瀬さんに、

「部屋に合う家具を買うつもりなんだけど」

と話したら、どういうわけか鷺沢さんや同じ会社の顔見知りの編集者まで集まって

くれて、家具選びに付き合ってくれた。そして食卓やベッド、サイドテーブル、ライトなど、人並みの生活ができる家具が揃《そろ》った。その後は駅の近くのお好み焼き屋でお好み焼きを食べ、私の新しいマンションのすぐ隣にある、できたばかりできれいで設備が整っているカラオケボックスに行った。みんながとてもその店を気に入り、日付が変わるまでみんなで大騒ぎをした。

「周辺においしい店はたくさんあるし、カラオケボックスもあっていいですね」

とうらやましがられた。鷺沢さんは、

「おねいちゃん、私、ここ、気に入った」

と宣言していた。

「はい、いつでもお越しください」

住んでみても他の部屋の物音は一切、聞こえなかった。隣の部屋は年配のご夫婦が住んでいて、上の階は名前はわからないが、きっとミュージシャンであろう男の子が住んでいた。エレベーター内で会うたびに、エレキベースのハードケースが置いてあり、女の子と抱き合っていた。

「こんにちは」

挨拶をすると、黙ってこっくりとうなずいた。その抱きついている女の子がいつも違うのも、さすがミュージシャンと感心した。

新しいマンションで生活できるようにはなったが、問題は放置している本の山である。前のマンションはそのまま契約を継続していて、本置き場状態だった。本が必要になると十五分足らずの距離にある前のマンションに取りに行った。様子を見ていたが、金銭的にも特に問題はなかったので、経理的に前のマンションは本置き場として残して全額経費として計上し、新しいマンションの家賃の半額を経費で落として、税金対策としては前よりもよくなった。しかしいつまで、こういう二軒、借りている生活が続くのかわからない。

そうなったら、前のマンションに戻ればいいと考えていた。まだ仕事を続けていける自信はなく、いつも逃げられる隙間を残していた。

以前のように玄関からすべて室内が丸見えにはならなくなったので、編集者が原稿を取りにきてくれるのをお断りしなくてよくなった。お茶を出して雑談のひとつもするのだが、多くの人は一時間から二時間で帰っていってくださるのだが、よほど仕事が暇なのか、

「いいお住まいですねえ」

といいながら四時間も居続ける人もいた。私は仕事をしなければならず、しかし早く帰ってくれともいえずにとても困った。

「そうか、こういうこともあるのか」

勉強になった。

普通の人

　ある日、某女子大学から連絡があった。私に学園祭での講演の依頼だった。それまでは講演はすべてお断りしてきたが、今回は単独ではなく、もたいまさこさんとの公開対談という形でという話だった。最初はもたいさんに依頼をしたのだが、事務所の社長が、私と公開対談をしたらどうかと、提案してくださったという。学生さんとしては、もたいさん個人にというお話だったのに、全然、頭になかったであろう、私が横入りしたみたいになって、不満もあったかもしれないが、私のほうは「ＯＨ！　たけし」「やっぱり猫が好き」で、もたいさんを見ていて大ファンだったので、

「やります、やります」

とすぐに返事をした。

　テーマは、もたいさんの事務所の社長のＱさんが考えた、「何でもない話」だった。

本当に何でもない話を壇上で二人でした記憶しかなく、内容もほとんど覚えていない。

「途中でおばさん二人が、ため息をつきながら出ていきました」

Qさんは笑いながらそういっていて、それを聞かされた私は、それはしょうがないだろうなあ、本当に何の得にもなりそうになかったからなあと苦笑した。

対談が終わると、Qさん、もたいさんと知り合いの、テレビ局職員のMさんが、都内まで車で送ってくれた。お茶でもという話になり、吉祥寺のホテルの喫茶室で、Qさん、もたいさんとお話しした。私が一冊目に出した、『午前零時の玄米パン』も、「週刊文春」で書いた、「やっぱり猫が好き」のテレビ評も読んでくださっていて、

「あれが媒体に載った最初のテレビ評だったんですよ」

とQさんがいった。そのとき私はどれだけ「OH！　たけし」のときの、もたいさんと小林聡美《こばやしさとみ》さんの、唐突に現れる、こまどり姉妹のパロディーが好きだったか、どれだけ「やっぱり猫が好き」を毎週、楽しみにしていたかを話した。今はインターネットで何でも調べられるが、小林聡美さんともたいさんが、同じ事務所だということも、私はこのときにはじめて知った。

「番組がゴールデンタイムに移ったときに、これは出演者の本意ではないだろうなと

思いました」

　私は正直な気持ちをいった。あの番組は深夜だからよかったのである。局側としては視聴率もいいので、移動させたのだろうが、相変わらず面白くはあったが、私の「面白いものを深夜にこっそりと観る楽しみ」は奪われてしまった。結構、長い時間、話し込んだ気がする。夕方になって解散したが、

「今後ともよろしくお願いします」

　と挨拶をして別れた。

　そしてそれからQさんが誘ってくれて、みんなでもたいさん宅に集まるというので、私も何度も遊びに行かせてもらった。みんなで料理を作りながら、といっても私はただうろうろとしているだけなのだが、みんなで晩御飯を食べ、DVDやテレビを観たり、もたいさんの愛猫、シャムネコのビーちゃんを相手にしながら過ごしていた。小林聡美さんと最初に会ったのも、もたいさん宅の食事会だったたと思う。

　いつも仕事を終えて、夕方に遊びに行くと、深夜まで話し込んでしまい、ふと傍らを見るとビーちゃんが目をしょぼしょぼさせ、舟を漕ぎながら必死に参加しようとしていた。

「ビーちゃんはもう寝なさい。ほとんど寝ているでしょう」

もたいさんがそういっても、ビーちゃんは、

「いいえ、まだ大丈夫です」

といった体でがんばっていたが、どう見ても睡魔に負けていた。もたいさんはビーちゃんを抱っこして、ベッドルームに連れていき、寝かしつける。それを見たQさんは、

「私が飼っていたときは、ビーはあんなふうじゃなかったのに。『ビー！』って呼ぶと、『ニャッ』って返事をして、きりっとしてたのに、甘やかすもんだから、あんなふうになっちゃった」

と嘆いていた。

「だってしょうがないじゃない。かわいいんだもの」

もたいさんは淡々といった。たしかにビーちゃんはとってもかわいかった。大きなブルーの丸い目をしていて、顔も丸くてとってもおとなしい。それまで外でよそ様のネコや、外ネコをかわいがっていたが、室内でネコを抱っこできるのは、私にとってはとてもうれしかった。

私が物書きの同業者で仲よくしている人は少数で、それでもふだん御飯を食べにいったりという関係ではなかった。本を出したらこちらからお送りしたり、またいただいたりといった程度で、鷺沢さんともしょっちゅう会っていたわけではなかった。どんな業界でも、そこにどっぷり浸《つ》かっている人は、擦れているというか、私から見て素敵な人はいなかった。売れている女性誌の編集者とか、そこで仕事をしている、私よりも年長のフリーライターの女性など、四十代後半で流行の服を着て、かっこいい自分を前面に押し出してはいるものの、立ち居振る舞いがさつで、ああはなりたくないと思ったものだった。たまにごく普通の感覚の編集者に会うと、このようなまともな人もいるのだと、ほっとしたりもした。長く同じ業界にいると、特有の臭みが出て来る人がいる。本人は自信満々なのだが、どこか嘘っぽく感じる人たちだった。

私は書く仕事をするようになったが、それ以外は普通の人でいたかった。「群ようこ」は仕事をするときだけにしたかった。食事は自炊だし、近所の店に袋を持って野菜を買いに行く。掃除をするのは自分だし、お手伝いをする人を雇う気もない。仕事の電話をくれた人は、私が電話に出るとびっくりする人が多かった。

「まさかご本人が出るとは……」

とあせっているので、理由をたずねると、

「秘書の方がいらっしゃると思ってました」

という。だいたい秘書を雇うほどの仕事は受けないし、それは自分の能力を超えた仕事量である。母の知り合いの方から、娘さんを秘書として就職させてくれないかというお話もいただいたが、他人様《ひとさま》のお嬢さんの人生に、責任は負えないからと、丁重にお断りした。

しかし現実はそうはいかなかった。ペンネームによって絡んでくる、見知らぬ人たちがいる。当時は個人情報など漏れ放題といってもよかった。出版社が発行している手帳の巻末に、住所を載せたいといわれたので、何も考えずに承諾した。一社のほうは一般に販売しておらず、社員や仕事関係の会社に配布するという話だったので、電話番号も記載されていた。すると見知らぬ女性から電話がかかってきて、私はどうしたらよいかと人生相談をはじめた。どうして番号がわかったのかと聞いたら、その手帳を見たという。私は、今、仕事をしているので、突然の電話は困ると話したら、いつ電話したらいいかという。申し訳ないがそういう電話には応じられないので遠慮して欲しいと電話を切った。彼女には悪気はなかったと思う。その話を版元の編集者にしたら、彼が怒って調べてくれたところ、相手は印刷会社の社員とのことだった。

もう一社のほうは一般に販売されていたので、電話番号は記載しなかったものの、うれしいもの、そうでないもの、様々な手紙が届いた。それはまあいいのだが、突然、家に来る人がいて困った。たまたまオートロックが解除になった隙に建物内に入ったらしく、直接、部屋の前まで上がってきて、ドアのチャイムが連続して鳴らされた。そーっとドアスコープでのぞいてみると、長髪のせっぱつまった表情をした、私よりも十歳ほど年上の女性だった。もちろんドアを開けるわけもなく、そーっと室内に戻ると、今度はものすごい勢いでドアノブが回されて、本当にびっくりした。もちろん鍵も閉めてチェーンもかけていたが、それらが壊れてしまうくらいの勢いで、はじめて恐怖を感じた。それからは一切、住所を公表しないようにした。

正直に書く

私は主に「普通の人」を題材に書いてきた。本も多くの方々に読んでいただき、その結果、通帳を見ると今まで見たことがない桁の数字が並んでいた。使っても使っても減らない。昔は、

「ああ、そういう財布が欲しい」

とふざけていっていたのが、現実になってしまったのだった。前と変わらず私は自分の現状に対して、

「こんな状態がずっと続くわけがない」

といつも疑っていた。その思いは変わらなかったが、これだけ収入がある私は「普通」なのかと新たな疑問が出てきた。

自慢するつもりもないし、子供の頃から親が「金は天下の回りもの」といっていた

のが耳に残っていたので、たまたまこの通帳の中にあるだけと思っていたが、同年輩のＯＬと比べたら、とんでもない金額が月々、振り込まれる。

「これって、普通じゃないよね」

普通を求め、普通を書きたいと思っている私が、実は普通ではない。住んでいる部屋の家賃も高額だし、ひと月の趣味や衣服に使っている金額も「普通」ではない。それでいいのだろうかと悩んだ。自分の生活のこともエッセイに書いているし、共感を持って読んでくれる人も多いだろう。私はそういう人たちを、こっそり裏切っているのではないかと思うようになったのだ。

悩んで出した結果は、「すべてを正直に書く」だった。それによって、「こんな人とは思わなかった」とか「自分とは生活程度が違う」などという人が出てきて、離れていくのも当然なのだ。自分が正直に自分のいいたいことを書いて、それで嫌われても仕方がない。それで読者が減って、仕事の依頼がなくなったら、私の物書きの仕事はそれで終わりなだけである。そうなったら別の仕事を見つけて生活すればいい。その仕事があるかどうかが問題だったが、私は何をやっても生きていける自信があった。

いちばん長くアルバイトをしていた書店からは、就職のお話もいただいたし、別の

雑貨店で働いているときは、向かいの和風雑貨店の奥さんにこっそり、

「いくら貰ってるの？　それよりも上乗せするから、うちで働かない？」

と誘われたり、着物を誂《あつら》えにビルの中にある呉服店に行き、用事が終わって店を出ると、隣にあった宝飾店の店主にも、

「アルバイトしない？」

といわれた。自分でいうのは何だが、アルバイトをした先では、とても喜んでもらえたと思う。私は何をやっても生きていけるという自信だけはあった。今の立場に固執する気もなかったし、

「だめになったら、それはそれでしょうがない」

と「正直に書く」ということだけを考えることにした。

また某小説誌からは新人賞の選考委員の依頼もいただいた。まず自分がそのような立場になったのに驚いた。話を聞くと、小説の新人賞に応募する人は、各選考委員が書いている文体に似せた小説を書いてくる場合が多いという。本来は書き手個人のオリジナリティが求められているのに、同じような文体で応募したら、入選するのではないかと考えるらしい。私は物書きになったけれど、そういった賞への応募から入選、

あるいは原稿持ち込みから採用といった段取りはすべてすっとばして、ほとんど横入りのような形で物書きになったので、そんな話も、

「へええ」

と驚いたり感心したりするような内容ばかりだった。何の実績もない私にお話をいただいて光栄ではあったが、自分はまだそういう立場ではないとお断りした。

下読みの人がいて、ある程度、選ばれたものを読むにしても、何かを選ぶのは責任がある大変な作業だ。私はそのとき物書き専業になって十年しか経っていなかった。仕事を続けていくとなると、これから十年間はいちばん大事な時期になる。十年後は五十代に突入し、自分の将来の展望も固まってくる。後に続く若い書き手を選ぶのも、とても重要な仕事だけれど、自分の人生を考えると、正直いって年に一度ではあっても、それに時間を取られるよりも、自分の好きなことをしたかった。選ぶ立場になるのも性に合わない気もした。編集者も私のわがままを了承してくれてありがたかった。

今住んでいるマンションは気に入っていたが、北向きのせいなのか、九階のせいなのかはわからないが、やたらと体が冷えて仕方がなかった。ベランダの窓を全開にすると、何も遮るものがないので、カラスが悠然と空中を飛び交うのが見えて、ふだん

とは別の姿を優雅だなあと思ったり、夜景もとてもきれいだった。しかしやはり高い階は自分には合わないとわかり、そろそろ低層のマンションを探そうと考えていた。

引っ越しに備えて少しずつ、荷物のなかでいちばん量が多い本を段ボール箱に詰めて準備をはじめた。

「どうして引っ越すんですか。今住んでいる部屋を気に入っている人も多く、あんなに駅にも近くてたくさんお店があるのに、静かで見晴らしのいいところ」

と残念そうにいわれた。鷺沢さんからも電話がかかってきて、引っ越すかもしれないと話すと、

「ええ、なんで？」

と驚いていた。理由を説明すると、

「ああ、そうかあ。それじゃあ、しょうがないね」

と納得してくれた。その二、三日後、彼女が冷凍のハンバーグやグラタンなどを持って遊びに来てくれたのだが、うちに電子レンジがないとわかって途方にくれてしまい、二人で苦笑しながら、ごめんねと謝り合った。そのとき彼女は、

「ほら、私、ハゲができちゃったんだよ。ここところ」

と長い髪を掻き上げた。

「どうしたの？」

「昨日、美容師さんが見つけてくれたんだけどさ、円形脱毛症って、本当に丸く抜けちゃうんだね」

と他人事《ひとごと》のように笑っていた。とりあえず髪の毛で隠れる部分なので、直接見えなくてよかったという話をしたのだった。

その後、希望にぴったりの物件が見つかり、そのついでに歩いて一分のところに仕事用の部屋まで借りてしまった。

パソコン

思いもかけず仕事場を作ったことで、職住を切り離すことができて、精神的にはよかった。この頃は個人情報の管理が曖昧だったから、担当者のなかでも丁寧な応対をする人は、私のほうに連絡をくれて、

「このような人が連絡先を教えて欲しいといっているけれど、教えてもいいでしょうか」

と確認をしてくれるけれども、そうではない人はこちらの知らないところで、私の連絡先を教えるものだから、突然、見ず知らずの人から電話がかかってくる。なかには担当者にも伝えないで、電話に出た人が勝手に教えてしまうこともあった。電話がかかってくるのも、まあ許せる範囲内の時間帯ならいいのだが、夜中の十二時過ぎに原稿の依頼をしてくる人もいる。もちろんこういった時間帯に電話をかけてくるのは

失礼であると、きちんと話してお断りするわけだが、週刊誌、雑誌のコメントというのもとても困った。

　最初は何も考えずに電話で聞かれるままに話していたのだが、掲載されているのを見ると、微妙にニュアンスが違ったり、その記事の内容に都合のいいような結論になっていたりして、「これは違う」と感じる回数が多くなって、コメントをいうのはやめにした。だいたいこういう依頼は、原稿の枚数が足りなくなったので、その分をいくつかコメントを入れて穴埋めしようと考えているらしく、

「今すぐ、この電話でお願いします」

　という。夜の十一時過ぎに、突然電話がかかってきて、興味のない芸能人についてどう思うかなどといわれても、何もいえない。それで、

「コメントはしません」

　というと、相手は半泣きになって、

「締切が迫っていて、今日中に何とかしないといけないんです」

　と食い下がってくる。そんなこと知らんわ、である。あんたは起きているかもしれないが、私は寝ている。あんたは締切地獄かもしれないが、私には関係ない。締切が

ある仕事をしている人間は、みな身悶《みもだ》えして苦労しているのだ。一度、温情を出すと、図々しく甘えてくる輩がいることを、私はこの仕事をして知った。なので相手の都合には合わせないようになった。

この数年前、ある出版社の人から、

「絶版本で文庫になったら読みたい本ってありますか」

と聞かれたので、私は古本屋を巡って探した本や、図書館で見つけた古い本のなかで、文庫として出してもらえたらいいと思う本をリストアップしてその人に渡した。私としては本好きの人に、私が読みたい本を教えたという程度の軽い気持ちだった。するとそのリストのうち、何冊かがその版元から文庫化された。それ自体は喜ぶべきことなのだが、リストをもとに文庫化したいなどという話は出ておらず、まさか次々に文庫化されるとは思わなかった。そうであるならきちんと、

「新しい文庫化の参考にしたい」

といってもらえばそのつもりでいた。そしてそのうちの何冊かはロングセラーになった。

「あの本、ものすごく売れているんですよ」

後年、その人はうれしそうに話していたが、私は心の中で、

（それを考えるのが、あんたたち編集者の仕事だろうよ）

とちょっと嫌な気がした。小規模、零細出版社の多くは、パクリを嫌悪して面白い企画をとみんなで必死に考えている。それを知っている私には、自分たちは何もせずに部外者にリストを作らせて、それをちゃっかり使うという神経が理解できなかった。出版の参考にといってリストを書かせると、金銭的な問題が発生する可能性があるから、事前にいわなかったのかとも考えたりした。


仕事場を借りた頃、パソコンが評判になっていた。パソコンはワープロの上をいく便利さだといわれていた。家の中に無機的な機械系のものは置きたくなかったが、無機的な仕事部屋にはパソコンを置いても違和感はない。その話を男性の担当編集者にすると、よかったら選んだパソコンを買ってきましょうかといってくれた。そして同じ編集部の男性と一緒に、渡したお金で購入してきてくれたうえに設置までやってくれた。私は基本的な電気関係の接続などはできるが、パソコンについてはわからないので、彼らがラックに設置してくれるのを、ありがたいなあと感謝しながら眺めていた。

ＮＥＣのもので、ハードディスクとディスプレイとキーボードがすべて別々で、プリンタも含めて総額八十万円くらいだった。ソフトはそのときに評判がよかった「一太郎」を入れた。パソコン通信というシステムもあったが、私はそのようなわけのわからないことはせずに、パソコンをワープロ代わりに使うだけだった。

パソコンはとても賢かった。使えば使うほど、どんどん使用頻度の高い単語を覚えていってくれるので、原稿を書くスピードが格段に上がっていった。文章の移動、削除も簡単で、こんなすごい世の中になるとはと感激した。ところが突然、作動しなくなることも多かった。そのたびにああだこうだといじくりまわし、運よく動いたり、フリーズしたままだったりした。そういうときは知り合いの知り合いのつてをたどって、パソコンに詳しい人が来てくれて、しばらくキーボードを叩いていたら、

「直りました」

という。パソコンのシステムに関しては無知なので、便利とはいいながらどきどきしながら使っていたのも事実である。原稿を失うのがいちばん怖いので、とにかくこまめにフロッピーディスクに保存していた。

仕事をする一方で、友だちと国内、海外に旅行をした。旅行先での移動中や、いつ

もと違う景色を見ている間、自分は少し働きすぎではないかと考えた。体調には問題がなかったし、仕事も途切れなかったので、私はずーっと仕事をし続けていた。しかしそれは自分が最初に考えていたのと少し違ってきていた。

単発の仕事だと引き受けたりお断りしたりと、自分で調整できるが、私のところに依頼があるのは、九〇%が単行本を出すことを念頭におかれているので、短くて一年、長くて三、四年かかる連載ばかりだった。その間の収入は保証されるけれども、逆にいつまでたっても、まとまった休みが取れないということでもある。長期の休みが欲しいと思っていた矢先、ちょうど連載のすべてが年内で終わるタイミングに恵まれた。私はこのチャンスを逃したら、次はいつ休みが取れるかわからないと、

「来年は一年間、仕事を休みます」

と各社の担当者に連絡して、一年間、一冊の書き下ろし以外の仕事はしないと決めた。収入は文庫が何冊か出るのと、既刊本の増刷があればラッキーという感じだった。

私は母親が定年で仕事をやめたのを機に、生活費を援助していた。彼女がひと月に四十万円が必要というので、何も疑わずにそれを毎月送金していた。いちおう母親にも休むと連絡をすると、

「あらやだ。そうしたら私はどうなるの」

それが母親の第一声だった。私は心底がっかりした。大学の学費もアルバイトをしながら自分で捻出し、六回の転職を経て物書き専業になり、ここまでやってきて、月に四十万円も仕送りしてくれる娘に対して、ねぎらいの言葉のひとつもないのか。嘘でもいいから、

「そうよね、たまには休まないとね」

くらいはいって欲しかった。しかし彼女には娘に対してそういう気持ちはなかった。ああ、こういう人だったのかと、このひとことが、母親に対して不信感を持った最初だったかもしれない。そして私は、

「お金はちゃんと払うわよ」

と怒鳴って電話を切った。

一年間休むといっても、一月一日からどこかに出かけるわけでもないので、資料を読んだりして、書き下ろしの仕事の準備をしていた。書き下ろしをする版元は、ホテルを予約してくれていて、いわゆるホテルに缶詰にして一週間で原稿を書いて欲しいようだった。私も噂には聞いていた缶詰というものを、経験したいと思っていたので、

大きなパソコンは持っていけないため、資料、原稿用紙、万年筆と衣類を持って、予約してくれた新宿のホテルに向かった。

ところがホテルの部屋に入ったとたん、もともとホテルの部屋好きの私は、みごとに労働意欲を失い、休暇モードに入ってしまった。チェックインする前に、書店に寄ったのもまずかった。そこで読みたい本を買ってしまい、それらをベッドの上や、ふかふかした椅子の上で読んでいたら、あっという間に夜になり、テレビを見ながらルームサービスの夕食を食べて、風呂に入って寝てしまった。

部屋の掃除の時間には外に出た。これも魔の時間だった。最初の何日かはホテルの近所の店で暇つぶしに買い物をしていたが、これではまずいと電車に乗って自宅に戻って、やっぱり家が落ち着くと、お茶を淹れて飲んだりしていた。何のために缶詰になっているのかわからなかった。家で二時間ほど過ごし、昼食を買ってホテルに戻ると、担当の年上の編集者の方から電話があったと伝言が残されていた。折り返し電話をすると、

「いつ部屋にお電話してもいらっしゃらないので、どうなさっているのかと思って」

と心配してくださっていた。家に帰ってお茶を飲んでましたともいえないので、

「掃除の時間は外に出て書店に行っているもので、つい長時間、留守にしてしまって」

といった。結局、缶詰になっている間、原稿は一枚も書けなかった。

麻雀

明らかに私には缶詰は向かなかった。「ホテルに缶詰になっているわたくし」といった、うっとり感など皆無だった。その証拠に家に戻ったとたんに、口唇ヘルペスが出た。ホテルの部屋は大好きだが、それはくつろぎの場所であって、仕事をする場所ではなかった。とにかく退屈だった。退屈になる前に仕事をすればいいのに、その仕事のやる気が自分でも不思議なくらい起きなかった。いちおう仕事をやらねばと心を決めて、机の上に書き下ろし用のノートを開いてはいたのだが、何度それに目をやっても、嘘のようにやる気が失《う》せていた。

夕方になると、ホテルの部屋をとってくれた出版社以外の担当編集者に電話をかけ、夜の予定を聞いて夕食に誘った。もちろんそれは私の自腹で、それが缶詰生活のなかで唯一の気晴らしになった。しかしみんなもそんなに暇ではないので、急に電話をかけても、外出や出張で電話がつながらない人がほとんどだった。やっと連絡がついた編集者と二人でしゃぶしゃぶを食べながら、あれこれ話をした。一週間の缶詰のなかで、編集者と食事をしたのはこの一度だけだった。そして彼女はその後仕事に戻り、私は部屋に戻ってテレビを観たり、ラジオを聴いたりする。その後は入浴してぼーっとする。そしてまたテレビを観たり、ラジオを聴いたりしているうちに眠くなって寝てしまう。だいたい夕食は鮨か和定食のルームサービスで、最初はどれもおいしかったのだが、だんだん飽きてきて自分の作った粗末な食事が懐かしくなってきた。そして食べた後は、観る、聴く、入浴、ぼーっとするの繰り返しだった。

私は自分が住んでいる場所で、ある程度の雑音があり、生活の雰囲気がないと書けないのだった。それがわかって二度と缶詰になる必要がないとわかったのはいいけれど、一週間分のホテル代を負担してくださった版元には、申し訳ないと頭を下げたかった。ホテルに缶詰になっても、一枚も原稿が書けなかったのにもかかわらず、寛大な編集者のおかげで、責め立てられることもなく、家に戻って大急ぎで原稿を書き上げて渡した。

二、三年前から、海外の旅行記を文庫書き下ろしで書く仕事も続いていた。担当編集者の中瀬さんと一緒に行くわけだけれど、担当ではあるが、どうしてこの人までが来るんだろうという人も来た。嫌な人が来るわけではないし、経費は出版社持ちなので、それによる経費は私がとやかくいう問題ではない。しかし私としては特にその人がこの旅行に来る必要はなく、一人分であっても経費は削減できるのにと思い、旅行中ずっと、

「どうしてこの人が来たのかなあ」

と考えていた。旅行に行っている間は彼らの仕事が滞り、彼らに負担をかけてしまうし、思っていた以上に同行者の人数が多くなってしまうことの理由がよくわからなかった。

中瀬さんが一人いれば本の一冊が書けるほどのネタがあるはずと、私は考えていたので、人数は多くなくてもよかった。しかし一緒にいる人が多ければ、それなりに起こる出来事も多くなる。書くときにはそれを取捨選択して書くので、私が原稿を書くときに、ネタに困らないようにと中瀬さんが配慮してくれていたのだと、後になってわかった。

プライベートでは二年前に覚えた麻雀《マージャン》にどっぷりはまり、週末の楽しみは麻雀になっていた。といってもまだまだ下手もいいところで、点数計算もできなかったので、そ

れくらいは最低限できなければと、本を買ってきて勉強しはじめたが、他の事柄は比較的記憶できるのに、とにかく数字が苦手なので、計算となると頭に入っていかない。麻雀の先達の方々やプロの方々に聞くと、「みんないちいち、基礎点がいくつとか、考えてやっている人はいないし、やっていくうちに、上がるパターンと一緒に自然と覚えるから平気」とか「無理して覚える必要はないよ」といってくださった。

たしかに麻雀は卓全体のリズムというものがあるので、たとえば私が上がったとして、点数を計算するために、

「えーと」

といつまでも考えているわけにはいかない。だいたい卓を囲む方々はみな優しいので、上がって手牌《テハイ》を開けると、

「〇〇点ですね」

と教えてくれる。しかしいつまでも皆様方に甘えていてはなあと思いながら、机の上に点数計算の本を置いて、キーボードを打つ手が止まると、点数計算の本を見ては、

「うーん、覚えられない……」

とため息をついた。点数計算のひとつひとつの理屈はわかった。待ちの状態で点数

が違うのも、振り込まれるのと自分がツモるのとで点数が違うのもわかった。しかし上がった手牌を見て、ぱっと点数が出てこない。いくら理屈がわかっていても、脳内でそれがすぐに出て来ないのだ。

鷺沢さんはすでに麻雀をやっていたので、

「おねいちゃんと卓を囲む日がくるとは」

と喜んでくれて、一緒に卓を囲むと、その場で毎回、点数計算の仕方を教えてくれた。そのときは「わかった」と勢いよくうなずくのだが、家に帰ると全部忘れていた。中瀬さんも麻雀をはじめたのだけれど、彼女は高校時代に全国模試で数学が二位になったほど数学も優秀なので、あっという間に点数計算をマスターした。やはり点数計算をマスターすると、勝つための戦略的にも優位なので、麻雀の腕もどんどん上がっていき、どんくさい私の仲間と思っていたのに、ふと気がつくと私のはるか先を走っていく腕前になってしまった。私の楽しみは麻雀だけだった。週末はほとんど徹夜で、家に帰るのは日曜日のお昼になるのもたびたびだった。人間のクズと自嘲しながら、それでも気分はよかった。

当時、私に収入があると知ってしまった、母と弟が結託して注文住宅を建て、何度も拒否したのにもかかわらず、母親の「私の長年の夢を潰すな」という号泣作戦などがあり、三分の二は私の名義になるのだからと説得されて、高額ローンを払わされるはめになった。

彼らに対する不信感がつのり、今さら二人の性格も変えられないので、私が不愉快にならないためには、彼らから距離を置くしかなかった。そして彼らの念願の家は建ったものの、そこに私の部屋はなく、合鍵すら渡してもらえなかった。

しかし私には仕事があったのでとても助かったものの、こつこつキーボードを叩いて、自分の生活費、税金はもちろん、突然降りかかってきたローンを支払わなくてはならなくなった。といっても何千万単位の金額が口座から消滅したため、それに対する税金はそう簡単に支払えず、「必ず支払いますが、遅れます」「分納します」と税理士さんから税務署に連絡してもらい、ただただ支払いのために働く毎日だった。

収入源である印税にも変化があった。原稿料は変わらないのだが、新しい本が出る予定があり、版元から発行明細書が届いた。その部数を見て、これは間違っているのではないかと、何度も見直した。それは文庫の初版部数の明細書だったのだが、その部数はこれまでの単行本の初版の部数だった。一般的に同じ本であれば、単行本の初版部数よりも文庫のほうが多いものだけれど、以前よりも一桁少なかった。私はそれを見て、そういうことかと納得した。初版が三十万部、少なくても十万部などという時代は終わった。これから本が売れなくなる時代に突入したと、はじめて気がついたときだった。

消費税が三％から五％に上がったこともきついと編集者はいっていた。いつまでも本が売れるような状態が続くわけがないと覚悟はしていたけれど、なだらかに部数は減少するものだと思っていたのに、実際は出版社の全売り上げと同じように、直角に下降していったのだった。

高額ローンを抱えたばかりで、どうしようかと一瞬思ったが、私が欲しくて建てた家でもないし、そうなったら、

「払えましぇーん」

といって逃げればいいと開き直った。のんきに「近所の家よりもうちは何倍も立派」と、他人様と下らない比較をした自慢電話をしてきた母親に、私はそういった事情を話し、「いつローンが払えなくなるかわからないから、いつでも引っ越しができる準備をしておけ」と脅したら、

「えっ」

と絶句した後、「出版社に頭を下げて仕事をもらってこい」といった。心底情けなくなり、私は黙って電話を切った。

母がいうような事態にはならずに済んだが、考えてみれば今までが変だったのである。これがふつうの状態だと思えば何でもなかった。ローンだって名義分の三分の二の権利を所有しながら、自分の部屋もなく合鍵さえもらえないのに、自分ががんばって何とかしよう、などという気持ちは一切なかった。私に甘えて分不相応な生活を望んだ彼らが悪いのだ。

そう考えたらとても気楽になってきた。血肉を吸い取るタガメのような身内のために、悩むなんて本当にばかばかしい。私は自立、自活した人間のクズだが、彼らは依存するクズなのだ。悩むのならば、もっとましな事柄で悩みたかった。

銀行口座から毎月、平均的サラリーマンの月給以上の金額が引き落とされてはいるが、最初は私にとってはとても苦痛な金額だったが、開き直るとただの数字の羅列でしかなかった。支払い専用の通帳の残金が少なくなっていたら、補塡《ほてん》するだけである。当然のことながら支払えばそれだけ残金が減るので、百八十回払いのローンが一回ずつ減るのが楽しみになった。身内に対する怒りが、麻雀に対するパワーを生んでいた。

白川道さん

ファミコンゲーム&実戦で麻雀を覚えたおかげで、今までお付き合いがなかった、麻雀好きの各界の方々、麻雀プロの方々と会えるのが楽しかった。以前から西原理恵《さいばらりえ》子《こ》さんの「まあじゃんほうろうき」の大ファンだった私は、彼女とも卓を囲めてとてもうれしかった。そして私のへたくそ麻雀に付き合ってくださったうえ、一局が終わるごとに私の手牌と捨て牌を見て、

「ここがこうなればよかったんだね」

といろいろとアドバイスをしてくださる方が多かった。そして特に雀豪といわれる方々は、自分の打った手順をすべて覚えていらっしゃることにも驚愕《きょうがく》した。私なんぞ、

「あのとき三ピンを捨てましたよね」

といわれても、ぽかーんとするしかない。捨て牌を見れば当たり前だが何を捨てた

かはわかるが、そのときどういう局面だったか、ぜんぜん記憶していない。ただその場でいらないと思った牌を捨てていただけである。より麻雀の奥深さに興味を持ったものの、これはえらいことになったと頭を抱えた。

買う本は麻雀関係のものばかりになり、麻雀劇画も見るので、寝るときに目をつぶると、昼間見た劇画のシーンが蘇り、目の奥で牌がぐるぐると回りながら空を飛んでいったりした。夢でも麻雀の夢を見た。勝った負けたという内容ではなくて、私がどうしようかと手牌を前に、うーんとうなっている夢ばかりだった。夢でも上がれない自分が情けなかった。

誰とやってもへたくそなので、最終的にトップになることは皆無だったが、それでも楽しかった。なかには、

「僕だったら、あれだけ負け続けたら麻雀をするのが嫌になるけれど、群さんは偉いですね」

などと妙な褒められ方もされた。へたくそだから負けるのは当たり前なので、これから点数計算もちゃんと覚えて、対局の際は頭の中をぐるぐると回転させて、なるべく勝てるようにするだけである。しかしその道のりがあまりにも容易ではないのは、

自分でよーくわかっていた。

徹夜で麻雀をしていると、眠くなるときと目が冴える時間帯が交互にやってくる。そして明け方になると、みな脳みそが崩壊して意味もなく、

「あはははは」

と笑いが止まらなくなった。また中瀬さんは二時間ほどの間に四回、肉うどんを注文して、一緒に打っていた編集者から、

「お前、うどんを喰うのか麻雀を打つのか、どっちなんだ!」

と怒鳴りつけられた。長時間座り続けているので、運動量は少ないはずなのに、どういうわけかお腹がすいてくる。サービスのいい雀荘だと、それを見越してママさんがフルーツだのお菓子だのを出してくれるので、それをありがたくいただいた。そしてただひたすら打ち、私はいつものように、ずぶずぶと負けが込んでいった。

はっきりとは覚えていないが、この時期に中瀬さんから白川道《しらかわとおる》さんを紹介されたのだと思う。彼女の好みの男性のタイプは、前々から原辰徳《はらたつのり》と愛甲猛《あいこうたけし》と聞いていたけれど、彼女曰く「インテリやくざ」タイプも好きだったとのことで、それが大当たりだったらしい。私は他人様の恋愛にはまったく興味がなく、誰と誰が付き合おうがどう

でもよかったのだが、麻雀をするようになって中瀬さんと白川さんと一緒の場所にいることが多かったので、自然と二人のやりとりを目にしていた。

白川さんも中瀬さんも十代の少年少女ではなく、それなりにあれこれあったはずだが、二人の姿は私の目には明らかに「純愛」だった。お互いに罵り合ったりしているのだが、さらりと白川さんが彼女を褒めたりして、とても微笑ましかった。

「うちは金があると仲よしで、金がないと毎日修羅場」

そう彼女はいっていたが、それは私の両親も同じで、そんな家庭に育ったので、納得できる話ではあった。

しかし私には両親の関係は「純愛」にはまったく見えなかった。早く別れればいいのにと子供が感じるくらい、夫婦の間にはどす黒い憎しみが渦巻いていた。後年、両親の離婚が成立したときは、心からほっとしたものだった。状況は同じでも白川さんと中瀬さんの二人の関係の根底には愛があるのがよくわかった。目の前で揉めても罵り合っていても、愛があるのがわかるから、私にはただひたすら二人が愛らしかった。あまりに愛らしくてたまらないので、二人をモデルにした小説を書き下ろしで書くことになった。

白川さんは中瀬さんを選んで本当に目が高いと感服した。彼女は卑《ひ》猥《わい》な言葉を連発して某有名レストランから追い出されたり、「どひゃひゃひゃ」「げふげふ」などと大笑いし、物怖《ものお》じしないので誤解される部分がとても多いのだけれど、実はとても努力家で女性らしく繊細な人である。それをわからない人が、「新潮社はどうしてあんな人を入れたんでしょうか」とか、「あんなふうにやっているのも今のうちでしょう」とやっかみ半分にいっている声も私の耳に入ってきた。そのたびに私は、

（あんたたち程度の頭では、彼女のことなんか理解できるわけなんかないわい）

と腹の中ではいい放ち、口では、

「それは優秀だからでしょう。どこの会社だって仕事ができない人は入社させませんよ」

といった。それでも彼らは、

「そうですかあ」

と首を傾げていた。とことん人を見る目がない奴らなのだった。彼女は自分が辛い思いをしているとか、苦労しているところを一切見せないが、きっと「どひゃひゃひゃ」と「げふげふ」の十倍くらい、陰で努力をして泣いていたと思う。

白川さんと一緒にいるようになってから、中瀬さんは幸せのあまり、徐々に横に成長していった。最初に会ったときの小田茜ちゃんからは想像できないほど、貫禄がついてきた。白川さんと旅行に行くのに空港にいたら、カメラを手にした男性に、

「松原《まつばら》のぶえさんですよね。一緒に写真を撮ってもらえませんか」

と頼まれたのを横で聞いていた白川さんが、大笑いしすぎて腰が抜け、立ち上がれなくなったという話を聞いた。彼女は入社して間もなく、ヘアスタイルを変えてみようとパーマをかけてバス停に立っていたら、見知らぬおじさんに、

「立花隆《たちばなたかし》さんですか」

と声をかけられたりもしていた。なぜか突拍子もない人に間違われるのだった。

体が成長したことを中瀬さんも気にしていて、様々なダイエットの情報を仕入れて、私に教えてくれたりもした。しかし白川さんは、彼女と一緒に食事に行って、

「あれも頼もう、こっちもうまそうだ」

とたくさん料理を注文し、とにかく食べろと勧めるのだという。中瀬さんが、

「そんなふうにたくさん注文して、食べろっていうから、私がこんなになっちゃうんじゃないの」

と文句をいうと、彼は、

「このまま太っていったら、他の男が寄ってこないだろう、ふふふ」

と笑ったというのだった。私はその話を聞いて、

「何と美しい人間愛」

と感激した。男女の愛を超越して、二人は人間愛に到達していたのである。本当に白川さんは中瀬さんのことが大好きだったのだ。

そんな話を聞いたり、二人のやりとりを目にしていると、私も幸せな気持ちになった。交際中だったり夫婦だったりする男女が目の前にいた場合、今までは特に何も感じなかったのだが、二人を見るとなぜかいつもうれしくなった。そして背後霊になって、こっそり二人の仲のよさをますます知りたくなったりもした。

白川さんは無頼の人といわれていて、たしかにそうなのだろうけれど、私にはとてもまっとうな人のように思えた。特に女性に対しては、「とてもよくわかっていらっしゃる方」だった。それは女性の扱いに慣れているという意味ではなく、同性から見ても本当にちゃんとした女性を見抜く目を持っておられたということだ。だから中瀬さんを選んだのだろう。

あるとき麻雀をしながら雑談になり、ある女性の話になった。彼女が声をかけたら、どんな男性でもすり寄っていってしまいそうな超美人だったが、彼は、

「あの女はだめだ。信用できない」

とはっきりといった。それは同性から見ての感想と同じだった。相手が女性だから嫌われたくない、美人だからうまくどうにかなればという下心などなく、彼には筋が通った基準があった。それは男性が自分に自信がないといえないし、中瀬さんから彼がどれだけもててきたかも聞いていた。

納得した私に、彼女は肌身離さず持っている写真を見せてくれた。彼が会社員時代の写真で、スーツ姿にサングラス、そして派手な幅広のネクタイをしてポーズをとっているもので、いかにも昭和のあの時代の人といった服装だった。愛《いと》しの「とおちゃん」なのだから、もっと写りのいい写真もあっただろうにと、

「どうしてこれを持ってるの」

と聞いたら、彼女はすまして、

「面白いから。これ笑えるし」

といった。

大予言の年

一九九九年になり、世の中的には来年の二〇〇〇年問題で、コンピュータが誤作動を起こし、混乱を招くのではと危惧《きぐ》されていたが、私にとってはそれよりも、『ノストラダムスの大予言』のほうが気になっていた。この本は一九七三年に新書で発売された。当時、私は買わなかったのだけれど、友だちが買って読み、

「あなたも読んだほうがいいわよ。貸してあげるから」

と真顔になって、半分押しつけられて読んだのである。一九九九年の七月に空から恐怖の大王が降ってくるという。私はそのくだりを読んで、そのときの自分の年齢を計算し、

「四十五歳か……。ちょっと早いけど、まあ仕方がないか」

と思っていた。眉唾《まゆつば》ものではないかと疑いつつ、いつも気になっていた。

友だちと、もてないとか、また太ったとか、それぞれの悩みについて話していても、

「どうせ一九九九年には空から大王が降ってくるんだから、先のことを考えてもしょうがない」

という結論になった。その点では物事を深刻に悩まなくなったのは、よかったのかもしれない。しかしなかにはまじめに悩んだ人も多く、悲観して自ら命を絶った若者もいて、同世代としては、

「まだちょっと間があるし、どうせみんないずれは死ぬのだから、早まらないでそれまで生きていればいいのに」

と思った記憶がある。

その一九九九年がとうとうやってきたのである。独身で同居する動物もいないから、特に守るべきものもなく、

「そうなったらそうなったで仕方がない」

とあきらめていた。そしていちばん気になったのは、七月以降の原稿の締切は守るべきなのかということだった。私はいつも早めに原稿は書き上げることにしているので、八月締切の原稿を早めに書いて、

「あ〜れ〜、さようなら〜」

ということになったら、無駄働きだと思ったのである。

「七月になったらぎりぎりまで原稿を書くのはやめよう」

と年頭に決めて、暇さえあればベランダから空を眺めていた。

一月にはジャイアント馬場《ばば》が亡くなり、三月には若い女性アーティストの母親が、親類の男に殺害される事件も起きた。沖田浩之《おきたひろゆき》も自殺した。不穏な感じがしていたが、私は予言どおりになったら、まあ、あきらめるしかないと、以前と変わらず、毎月、締切が迫ると原稿を書き、そして編集者に渡す毎日を繰り返していた。麻雀では満貫《マンガン》で上がった人に裏ドラがついたりすると、その牌を見て、

「わあ、恐怖の大王が降ってきたあ」

などといっていた。現実的な大王の衝撃はこれくらいだったが、本当に空からどーんと大王が降ってくるかもしれなかった。

実家のローンも背負ったので、麻雀ばかりやっているわけにもいかないので、仕事もいちおうまじめにやっていた。仕事をしながら聞いていたCDは、宇多田《うただ》ヒカルの『First Love』で、自分でもよく飽きないなあと思いながら、何度も繰り返

して聞いていた。私にとっては藤圭子《ふじけいこ》の娘ということで興味が倍増したが、ところどころに藤圭子に似たハスキーな声が聞こえ、才能というものは確実に受け継がれるものなのだなあと感心した。

ある小説誌で連載をしていた私は、今までと少し違うタイプのものを書きたいと思い、編集者に相談した。すると彼も、

「それはいいですね」

といってくれたので、これまでとは違う暗い感じの小説を書いて渡していた。すると三か月ほどして彼から電話がかかってきた。

「編集長がこのようなものではなく、明るい内容のものを書いて欲しいといっています」

私は、はあ？　となって、

「連載の前に、私はあなたに連載の内容に関して話して、了承してもらいましたよね。編集長にも話は通っていると思いましたが」

といった。すると彼は、それには答えず、

「ともかく編集長はこういっているので」

の一点張り。頭にきて、

「あなたは担当編集者として、私に返事をしたことと、編集長にいわれたことについて、どう考えているのですか」

と聞いた。すると彼は、

「……ということです」

という。もう一度、

「あなたの見解はどうなんですか」

とたずねると、

「ということです」

としかいわない。

「あなたには編集者としての考えはないのですか」

と聞いても、馬鹿の一つ覚えのように、

「ということです」

としかいわなかった。私は、

「わかりました。私はあなたを信用できなくなりました」

といった。

連載をやめるというと、それは予定を組んでいるので困るという。私は全面的に編集長のいうことを聞かないまでも、多少、暗い部分を含めることは忘れずに、原稿を渡し続けた。編集者と私はただ機械的に原稿と校正をやりとりするだけで、連載が終了したときも、彼からは何のひとこともなかった。彼は私よりも年下だったが、書かせてやっているという意識が彼にあったのかもしれない。このように仕事相手で信頼できない人が一人、また一人と増えるのはとてもいやな気分だったが、書き手よりも編集長寄りになるのが、社内での彼の処世術だったのだろう。

相変わらず空から大王が降ってくる気配はなかったが、地上では日本で若い母親と赤ん坊が殺害される残忍な事件が起こったり、アメリカのコロンバイン高校では銃乱射事件が起こったり、相変わらず空よりも地上のほうが不穏な空気を醸し出していた。一方でSONYからイヌ形ロボットのAIBOが売り出され、評判になっていた。たしかに生身のイヌが飼えない人にとっては、いいのかもしれないが、私はそこまでして飼わなくても……と思ったりした。やはりあれはロボットであり、ロボットとして愛せる部分はあるかもしれないが、イヌの代わりにはならない。

ＡＩＢＯを買った人の話を聞いたら、床に置いているときはいいのだけれど、ガラス製の透き通ったテーブルの上に置くと、がたがたと震え出すといっていた。目から光線を出してそれの反射で情報を把握するシステムらしいのだが、ガラスだと素通しで取得できないため、混乱するようだといっていた。そういうところはロボットでもあり、生き物っぽくて面白いなあとは思ったが、やはり毛が生えていないのは私には無理だった。でも毎日、コミュニケーションを取っていれば、毛が生えてなくてもかわいくなってくるのだろうと、ＡＩＢＯが入った箱を、うれしそうに抱えて帰る人の姿をテレビで観ていた。

小説がはじめてドラマになる話も持ち上がっていた。新聞連載で昨年発行された『ヤマダ一家の辛抱』で、演出が久世光彦《くぜてるひこ》さんとうかがって、以前から久世さんの本もドラマも大好きだったので、お目にかかったことはないが、お話をいただいただけで緊張した。ノストラダムスの大予言の年のなかで、私としてはいちばん希望のある話だったが、空から恐怖の大王が降ってきたら、これもなしになるのだなと考えていた。

結局、七月に空から大王は降ってこなかった。大丈夫だったとほっとしつつ、

「しかし古い予言だから、時差があるかもしれない」

と八月締切の原稿については、デッドラインぎりぎりまで書かなかった。私がいつも早めに渡すので、編集者が心配したのか、

「今月は締切日当日にいただけますか」

と確認のファクスをもらったりしたが、さすがに、

「恐怖の大王が空から降ってくるかもしれないから」

とはいえない。

「はい、すぐに書いて渡します」

と返事をし、

「ちぇっ、結局は何もなかったか」

とふてくされながら、締切に間に合うように必死で数本の原稿を書いた。

大王が降ってこなかったので、無事にドラマの件は十月からTBSの東芝日曜劇場で放送されることになった。家族がテーマなので家庭内の撮影が多く、会社の家電が多数画面に映るのでうれしいと、スポンサーがおっしゃっていたと聞いて、なるほどと思ったりした。出演者は竹中直人《たけなかなおと》、室井滋《むろいしげる》、ともさかりえ、雛形《ひながた》あきこ、川原亜矢《かわはらあや》

子《こ》、利重剛《りじゅうごう》、鈴木《すずき》その子、由紀《ゆき》さおり、伊東四朗《いとうしろう》、伊藤英明《いとうひであき》、諸星和己《もろぼしかずみ》、中島唱子《なかじましょうこ》、川越美和《かわごえみわ》、そして主題歌は郷《ごう》ひろみの「GOLDFINGER'99」と超豪華だった。ドラマの内容は小説に厳密に忠実ではなく、オリジナルの部分がとても多かったので、

「へええ、こうなるのか」

とまったく新しいドラマとして観ていた。

ミレニアムのカウントダウンが派手に行われる一方で、コンピュータの誤作動は相変わらず心配されていた。誰も危険だとも大丈夫だともいいきれず、はっきりしたことがわからないような状況だった。私のなかで恐怖の大王問題が消え去った後の次の問題は、十二月分の実家のローンとうちの家賃を払ったら、銀行口座の残金が数十円になっていたことだった。一年間、それなりにまじめに仕事をしたのに、最後の最後、大晦日の私の姿がこれだ。とっても貧乏な年越しだった。

二十一世紀

二〇〇〇年のミレニアムも、麻雀は相変わらずしていたが、一九九八年に保護した子ネコが元気がよくて、それまで一人で気ままに暮らしてきたのが、ネコ中心になってきていた。このネコがお留守番ができない質《たち》なので、私は夜の麻雀を控えざるをえなくなった。ネコ一匹といえど、生きているものと同居するときは、できるだけ相手を思いやらなくてはならない。朝帰りをしてベッドに倒れ込むと、すでに目を覚ましているネコは、

「わあわあ」

と私が掛けている布団の上を走り回りながら大声で鳴く。

「眠いから寝させてくださいよ」

そう頼んでもうちのネコは聞く耳をもたないので、より大きな声で鳴き、今度は部

屋中を走り回る。そして起きない私の頭を、前足でぽかぽか殴ってきた。

　布団をかぶって三時間ほど寝て起きると、ものすごく冷たい目をしたネコが、リビングルームに座っていて、私の顔を見たとたん、

「ぎい」

と不愉快丸出しの声で鳴き、抱っこをしろ、体を撫でろ、ベランダに出て一緒に遊べなどと訴えてきて、夜に外出した翌日はいつもこの状態だった。

　仕事のほうは書き下ろしが多くなってきた。次々に新しい人がデビューしてくるので、容量に限りがある雑誌では、本を出す予定のある書き手全員に、ページを確保するのが難しくなってきたのだろう。出版社のインターネットのサイトも、まだ充実しているとはいい難かった。私は同じ書き手が延々と連載を続けるのはあまりよくないと考えていて、連載がはじまる際に期限を区切ってやらせてもらっていた。後からデビューした人に場所を譲るのも、仕事の先輩としては大事ではないかと思う。しかしそれは自分の収入や自己顕示欲にも関係してくるので、簡単にはいかないのかもしれない。

　なかにはインターネットのサイト向けにと原稿依頼をしてくる企業もあった。出版

社は一社もなく、広告代理店関係か、名前も聞いた覚えがない会社ばかりだった。彼らは依頼する際に、これからどのようにインターネットの状況が変わってくるかわからないので、原稿料は無料にして欲しいと、揃いも揃っていってきた。そのたびに私は、またかと呆れつつ、それがまかり通るわけがないじゃないかとお断りした。原稿料をただで書いた前例を作ると、ろくなことにならない。しかし平気でそういう甘えた依頼をしてくる人が多いのに驚かされていた。

ある出版社の担当編集者の男性が卒業した高校は、学校群制度で私と同じ第三学区にあった。第三学区には31群から34群まであり、それぞれ偏差値が同じくらいの二校から三校が振り分けられている。彼が卒業した高校は都内でもトップクラスの偏差値の高校で、私が卒業したのはいちばん入りやすいグループの高校だったが。そこで彼から書き下ろしのテーマとして提案されたのが、私の高校生のときの話だった。

彼も私も学生運動が終わった後に入学したので、雰囲気はいい意味でも悪い意味でものんびりしていた。友だちに、偏差値の高い高校では、全共闘世代に共感して、活動している生徒もいると聞いたが、私の通っていた高校は、校長が「よい大学に入ることばかりを考えないで、友だちをつくりましょう」という方針の人だったので、生徒が勉強するわけがないのだ。学校で迷い込んできた雑種のメスイヌを飼い、その子が産んだ子イヌ三匹を、みんなで代わる代わる抱っこしながら授業を受けるのも許されていた。そして男女交際が激しいことでも有名だった。ほとんどの生徒が学校が大好きだったと思う。

そんな話を書き下ろしで書いて欲しいといわれたのだが、当時私は男子ではなくラジオの深夜放送にどっぷりはまっていたので、毎日、睡眠不足だった。その睡眠時間の不足分は授業中に寝てカバーしていた。しかしどの局でどの番組を放送していて、ディスクジョッキーは誰だったかなど、番組についてのおおまかな記憶はあるが、こまかい部分については覚えていないところが多かった。間違ったことは書けないし、今と違ってインターネット上でもデータは豊富になかったので調べる術《すべ》もなく、その点が不安だというと、彼が、

「僕の高校時代の友人からノートを借りてきます」

といってくれた。

しばらくしてその友人からのノートを十冊ほど預かった。その中には、当時の深夜放送について、日時、内容、リスナーの投稿、かかった曲などが克明に記録されてい

た。それを見ながら、

「そうだ、あったあった」

と記憶が蘇ってきた。この素晴らしい記録ノートに助けられて、何とか二冊分の書き下ろしが書けた。世の中にはすごい人がいると驚いたのだが、そこまでのめりこんでいたその友だちは、今でいえば深夜放送おたくということになるのだろうか。学術的に研究する研究者はいるけれど、こういった社会的、風俗的なものを毎日記録し続けていた人は素晴らしいと感心した。

おかげさまで仕事は絶えずあったのだけれど、家にこもって仕事だけをしているのはつまらない。そして私は酒類をまったく受け付けないので、酒席に積極的に行く気もない。ストレス発散というか、何か楽しみがないかと麻雀をはじめたのだけれど、今の状態ではどうしても夜に外出することになってしまうので、昼間にできる趣味がないかと考えていた。昔、ピアノやエレクトーンを習っていたので、楽器もいいとあれこれ考えているうちに、三味線が頭に浮かんだ。三味線にもいろいろなジャンルがあるので、それぞれＣＤを購入して聞き比べた結果、ジャンルは小唄に決めた。

たまたま知り合いと食事をしていて、私が三味線を習いたいというと、その知り合いがお弟子さんをとっているという芸者さんを知っているというので、その方に教えていただくようになった。しかしうちのネコは、家で三味線を復習《さら》っていると、寝ていたのに起きてきて、責めるようにわああわあと鳴いた。

「何、どうしたの」

声をかけるとネコは、私が三味線を抱えているところにむりやり入り込んできて、胸にしがみついてきた。どうやら復習っている姿が、三味線を抱っこしているように見えるらしい。

「三味線は生きてないんだから」

説得しようとしてもネコは納得せず、私はネコが寝ているときに他の部屋に移動して、防音用の板を三味線の胴につけ、小さな音で弾くしかなかった。それでもふと気配がして振り返ると、怒りの目つきで私をにらみつけているネコの姿があった。ネコの目を気にしつつ私のお稽古は続いたが、ネコの私に対する独占欲は強くなるばかりで、気分転換に外に出ることもままならなくなってきた。

二〇〇〇年の十一月に、アマゾンという企業がインターネットで書籍の通販を開始するというニュースを耳にした。周囲では期待するという人と、すぐに撤退だろうという人が半々だった。私は洋書は海外の書店から、和書は大手書店の通販からで問題も起こらなかったので、アマゾンにはまったく興味がなかった。まだ原稿も添付ファイルの意味もやり方もわからず、プリントアウトしてファクスで送るか、書き下ろしの長いものは手書きで郵送だった。相変わらずパソコンは原稿を書く道具であり、インターネットのサイトも見ていなかった。

ミレニアムも終わり、二〇〇一年がやってきた。二十一世紀になり、ものすごく年寄りになった気がした。平成生まれと聞いてびっくりしていたのが、世紀が変わってしまったのである。映画の「二〇〇一年　宇宙の旅」が公開されたのは、私が中学生のときだった。私は見ていないが、断片的なシーンを雑誌などで見ては、

「二〇〇一年はこんなふうになるのかなあ」

と考えていた。まだまだ遠い先の話だったはずなのに、あっという間に年月は過ぎてしまった。なかには学校の映画鑑賞会で、映画館で観たという人もいて「ただただ難解で、何が何だかわからなかった」といっていた。私は何を見たのだろうかと思い出していたら、学校で映画館に行った記憶はないが、講堂での映画鑑賞会はあった。そのとき見たのは、たしか「人間の條件」の第五部と第六部だった。なぜか画面にア

ップになった岸田今日子《きしだきょうこ》の顔を見て、みんながげらげら笑い出したのを覚えている。

　この年の世界陸上の真っ最中に、うちのネコが家出をした。夜、お友だちのオスネコが誘いに来て一緒に出ていき、そのまま帰って来なかった。毎晩、ベランダに面した窓を少しだけ開けて、翌朝、部屋中を探しても、どこにもいなかった。気が強い子なので、自活できると考えて、うちを出ていったのだろうと、あきらめようとしたが簡単には思い切れない。毎朝、ああ、また帰ってこなかったとがっかりするのを繰り返していた一週間後、午後の一時半に玄関のドアから鳴き声がしたような気がした。それまでにも幻聴があったので、また自分の耳が変になったのだと期待しないでドアを開けたら、薄汚れたネコが、

「にゃあああああ」

　と大声で叫んで部屋の中に飛び込んできた。私はびっくりしてその場に立ち尽くした。興奮したネコは大声で鳴きながら、家の中を走り回るのと、私の足に頭をこすりつけるのを何度も繰り返していた。二〇〇一年のいちばんの思い出は、家出をしたネコが無事に帰ってきたことだった。

五十歳

小唄、三味線の稽古は楽しかった。そして何より師匠、兄弟子、姉弟子の話をうかがえるのがとても魅力的だった。私の母よりも少し年上の方々が多かったが、昔の浅《あさ》草《くさ》の話や生活の話など、うなずくことばかりだった。浅草寺《せんそうじ》にひょうたん池があったことも、教えていただいてはじめて知った。

「昭和十三年頃がいちばんよかった。それから少しずつ変になっていって、あっという間に太平洋戦争になってしまった。そしてそれまでのすばらしかったものが、全部無くなった」

そう姉弟子はおっしゃっていた。たった三年で戦闘状態になったのである。姉弟子から当時の女性の着物の話、兄弟子からはご自身の仕事の話をうかがった。小間物店をいくつか経営していた方からは、

「昔はコンパクトでもバッグでも、女の人が使うものを置けば、何でもすぐに売れたものだけどね。戦後は徐々にだめになっていったから、店を閉めるしかなかったんだよ」

とうかがった。

魅力的な年上の方々のなかでいちばん面白かったのは、大正生まれの元芸者さんである師匠の話だった。生まれつき右手に軽度の障害があったにもかかわらず精進して、三味線の腕前を高く評価されるようになった。師匠はプロを目指す人にはとても厳しかったが、私のような趣味で習っている者には褒めて伸ばす方法で、こちらが落ち込むようなことは一切おっしゃらなかった。しかし性格がはっきりしていらして、きっぱりと物事をいい切る反面、おっちょこちょいなところも多々あった。

戦後間もなく、仲間の芸者さんとテレビ出演をしたときに、

「次はリハーサルです」

といわれた。師匠たちはとりあえず、

「はい、わかりました」

と答えたのだが、そのリハーサルが何なのかわからない。そのとき師匠たちはとて

もお腹が空《す》いていて、リハーサルとはなんぞやと話し合った。その結果、時間的に昼時だったので、リハーサルはサンドイッチの一種だと話がまとまり、食事が出ると期待していた。当然、食べ物は何も出ず、師匠たちは空きっ腹を抱えて帰ってきたのだという。

「まったく、利口じゃないね」

いつも師匠はそういって笑っているのだが、育った家庭、花柳界、戦争中の話、結婚、出産など、興味のある話がてんこ盛りだった。私はこんなにいい題材を放っておくことはできないと、師匠に詳しく話をうかがって、本を書かせてもらった。私も三味線を習ってみて、その難しさに驚き、それを人前で弾いてお金をいただくまでに、どれだけ苦労があるかがはじめてわかった。芸者さんのすごさをはじめて知ったのだった。

またお稽古は木綿でもいいので、できれば着物でという師匠の方針だったため、着物を着る機会も増えた。不思議と洋服のときと違い、小唄を習うのも三味線を習うのも、着物のほうがやりやすく楽なのである。それを知った編集者が、一年間の着物日記のようなものを作りたいと企画してくれて、書き下ろしですることになった。趣味と実益を兼ねているので、これはいいとやりはじめたのだが、もちろん三百六十五日着ているわけでもなく、実質的には週に二、三回くらいだったが、一年間続けてみて、やはりとても勉強になった。

とにかく着物は着るしかない。着れば着るほど着付けが楽になる。しかしあまり着すぎると、着物を着たときのちょっと特別な高揚感が薄れてしまい、日常的に当たり前になってしまうのは、つまらなかった。ふだんは木綿で、外出のときに小紋を着たとしても、ただ着替えただけになってしまう。それだけが難点だった。それを乗り越えて着物を着るようになると、また別のものが見えてくるのかもしれないが。

毎回、着物に着替えている様子を、冷たい目で見ているネコをなだめつつ、お稽古に通っていた私は、三味線のジャンルのCDもよく聴くようになった。うちのCDの棚には、ローリング・ストーンズ、レッド・ツェッペリンなどをはじめとするハードロック系の隣に、小唄、端唄、寄席囃子《ばやし》、歌舞伎下座音楽、津軽三味線が並ぶようになった。若い頃は三味線のゆらぐような微妙な音色が好きではなかったのだが、だんだん好きになっていって、このときには聴くとうっとりするようになっていた。ただ自分で弾くと、全然、うっとりしないのが問題だった。

お稽古のほうは三歩進んで二歩下がる状態だったが、自分でも驚いたのは、正座のことだ。最初はお稽古のときに正座をすると、一、二分ですぐにしびれてきた。三十分のお稽古が終わると、

「お見苦しくてすみません……」

と師匠をはじめ、姉弟子、兄弟子にお詫びをしながら、這《は》って控えの間に戻っていく始末だったのが、お稽古を重ねるにつれて、三十分経ってもすっと立ち上がることができ、しびれなくなっていた。

この年、俳優の天本英世《あまもとひでよ》氏が亡くなった。まだ私が十代の頃、とりあえず家族関係が円満な時期に、一家で都内をドライブしていたところ、彼があの風貌で歩いているのを見て、

「死神博士だあ」

と叫んで大騒ぎをしたことがある。ちなみにその二、三年ほど前に、練馬区内を同じように家族でドライブしていたときに、「男はつらいよ」のタコ社長が歩いているのを発見し、

「タコ社長だ、タコ社長がいる」

と騒いだこともあった。まだ家族に共通の話題があった頃の思い出だ。

後年、天本氏が書いた雑誌や本の文章を愛読していた。彼はスペインという国、人々に対して深い愛情を持ち、それと同時に「いつも明日がある」と考えている日本人に対して痛烈に批判していた。一本筋が通っているというか、通り過ぎているような人生を送っていた。私の記憶だが、たしか定住する家というものがなく、公園で暮らしていた時期が長かったとかで、物質が豊かであることや、平和に対して何も考えていない日本人をすでに見放しているようにも見受けられた。気骨のある人だったと思う。私はスペインに仕事というか、ほとんど観光客としてしか行ったことはなかったが、どこに行っても人を含めて印象がよかった。天本氏は、もともと風貌が年齢不詳だったし、おまけに死神博士なので亡くなる気がしなかったが、訃報を知って感慨深かった。

私は五十歳を目前にして、これから自分はどうしたらいいのかを考えていた。実際は稼げるときに稼いで、あとは隠居をして働かずに本を読んで暮らすという計画を立てていたのだが、母と弟の結託により、住宅ローンを払わされる羽目になってからは、その夢も打ち砕かれた。半分泣きながら原稿を書き、いちばんひどいときには、月に十五本の締切があった。当然、原稿の質が落ちているのが自分でもわかり、オーバーワークだったのはわかっていた。しかし働かなくては支払いもできず、ふと、

「いったい自分は、何をやっているのだろうか」

と思った。ほとんど騙されたような形でこんな状態に陥り、税金の納付も遅れがちになって、母と弟のためにやらされていることがばかばかしくなっていった。

しかしそれらがネタになったのも事実なので、竹中直人のように、笑いながら怒る人になって、

「ネタをくれてありがとよ」

と原稿を書き続けていた。母は私の気持ちなど知るよしもなく、うちが近所でいちばん大きな家だとか、遊びに来た人が広さにびっくりするとか、くだらないことで電話をしてきた。その合間にデパートに行っては、私が知らないところで外商担当の人を勝手に呼び出して買い物をしたり、やりたい放題やってくれていた。いつになったら隠居できるのだろうかと、不安になったのも事実である。

ローンは十五年間払い続ければ終わるし、払えなくなったら、

「終わり」

と宣言して母と弟が立《た》ち退《の》けば問題がないとわかってはいるものの、毎月、まとまった金額がごっそり引き落とされる通帳を眺めていると、むっとしたり虚しくなったりした。私は家の名義などいらない。不動産を持っていてもろくなことがない。それなりに穏便に思いやりながら暮らしていた母と私と弟は、私の収入が上がったことによって、関係が悪化していった。しかし私が怒っているなど向こうは気がつかず、実家を建ててむしろ喜んでいると勘違いしているようだった。その馬鹿さ加減にますます腹が立った。

私は不動産にはまったく興味がなく、これまでずっと賃貸マンションに住んできた。ローンにしばられると、時間的に無理だと思っても、収入のために仕事を引き受けざるをえない。私は自由な時間が欲しかった。しかし希望どおりにはならないのが人生というものだと、はじめてわかった。おまけに身内でさえ、自分と同じ考えではないということを思い知った。

身内が自分が考えていた性格とは違っていて、それも悪いほうに違っていたことにも幻滅し続けていた。還暦前にローンは完済する予定になっているので、それだけが楽しみだった。しかし四十代はともかく、五十代はもう若いといわれるような年代ではない。これからどうしていったらいいのかを考えたいと思っても、目の上のものすごく大きなたんこぶ、それも正直じいさんなのに、身内に勝手につけられたたんこぶのおかげで先が見えなくなった。

映画原作

二〇〇四年、年末には私が五十歳になる年だった。新年を迎えたとき、ふだんは考えないのに、なぜか喪服を新しくしなければと、そればかりが気になっていた。たしかに今持っている喪服は若い頃に購入したもので、デザイン的にもサイズ的にも、これから自分が着るには無理があった。しかしいつもは新しい服を買わなくちゃとか、こういった着物があればと思うのに、ずっと頭の中にあるのは喪服のことばかりだった。そして春先に新しい喪服を買い、ああ、これで不祝儀がいつあっても大丈夫とほっとしていた。そしてその喪服をひと月後、私よりもひと回り以上若い鷺沢さんの密葬で、最初に着るなんて想像もしていなかった。

そのファクスを見たのは、月曜日の夜だったと思う。そこには鷺沢さんの秘書のOさんの文字で、折り返し電話を欲しいと電話番号が書いてあった。いったい何だろう

かと電話をするとOさんが出た。そして泣きながら、

「鷺沢が亡くなりました」

と小さな声でいう。一瞬、わけがわからなかったが、とっさに、

「交通事故?」

と聞いた。彼女の車には何回か乗せてもらったが、ぶつけたり傷をつけたりして、これは代車なのだといっていた覚えがあったからだった。それを聞いて大事にならなければいいがと心配していた。若くて元気な彼女が亡くなる理由は、それしか考えられなかった。そして電話口に鷺沢さんのお母様が出られ、詳しいお話をうかがった。

「老後は群さんとお友だちの長屋に、一緒に住まわせてもらうからっていっていまして、私はああ、よかった、それなら安心と思っていたのですけれどねえ……」

とおっしゃっていて、返す言葉もなかった。

私は彼女と二日前に仕事で会っていた。鷺沢さんが雑誌で対談の新連載をはじめるにあたり、私を一回目のゲストとして呼んでくれたのだ。彼女は沖縄の取材旅行から帰ったばかりで、風邪をひいて体調が悪く、機嫌もよくなかった。風邪薬の小瓶を一気に服用しても治らないというので、

「そんな飲み方をしてはだめよ。用量は守らなくちゃ。体を休めないと治らないよ」

と強くいったことは鮮明に覚えている。しかし彼女は、

「えーっ、だって治らないいんだもの」

と不満そうだった。

誌面に掲載する写真撮影のとき、ベテランのカメラマンの男性がファインダーをのぞきながら、

「暗いなあ、暗い」

と何度も鷺沢さんの表情にだめ出しをしているのがとても不思議だった。それらがすべてOさんとの電話でつながったような気がしてとても落胆した。

対談の前、彼女は次回のゲストについても楽しそうに話していたし、

「おねいちゃんの老後の仲間に私も入れてくれるよね。忘れてないよね」

と念を押していた。そういう人があんな最後を選ぶだろうかと、納得できなかった。

風邪を早く治したいあせりで、また用量を守らずに服用したり、お酒や常用している薬と一緒に飲んだのではないか。その結果の事故としか考えられなかった。彼女は自分がそう思っていないのに、口先だけで耳触りのいいことをいうなんて、絶対にでき

ない人だった。どちらかというと、思ったことは口に出す人だったので、自分が亡くなろうと考えているのに、それを隠して老後の話などするわけがないのだ。

以前、お母様と電話でお話ししたとき、鷺沢さんについて、

「あの子は何か生き急いでいるような気がして仕方がないんです」

と何度もおっしゃっていた。私はそれはただのせっかちな彼女の性格によるものではないかと思っていた。しかしこんな出来事が起こってしまうと、お母様は娘の将来について、感じるところがあったのかなあと複雑な気持ちになった。

四十九日の法要のときには、たくさんの人が参列していた。私と同じように、亡くなる五日前、三日前にそれぞれ会っていた人たちがいて、

「何か変わった様子がありましたか」

と聞いたら、二人とも同時に首を横に振った。五日前に会った人は彼女と一緒に仕事で沖縄に行った人で、帰る一日前から風邪をひいていたが、いつもと変わらなかったといい、三日前に会った人ともども、口を揃えて対談で私と会うといっていたと話した。このような形で人が亡くなった場合、やっぱりと思うより、なぜと驚くほうが多いのかもしれないが、それにしても私は理解できなかった。

そしてこのような場所で、彼女に関する原稿依頼をしてくる編集者には腹が立った。いちおう彼は、

「こんな場所でなんですが」

とはいっていたが、そう思っているのなら自粛しろといいたくなったが、それはぐっとこらえて断った。彼にしてみれば、作家や著名人が集まっていたので、一度に仕事が済むと思ったのだろうが、その無神経さに呆れ果てた。また彼女とどういうつながりがあるのか知らないけれど、いちおう濃い色のスーツを着た若い男性二人が、笑いながら煙草《タバコ》を吸っているのも、私には面白くない光景だった。それからテレビで華《か》原朋美《はらともみ》や小池栄子《こいけえいこ》を見ると、なぜか彼女を思い出してどきっとした。

彼女の四十九日も済み、七月のあたまに隣町を散歩していたら、突然、私と同じくらいの年齢で私よりも小柄な女性が、

「あなた！」

と飛びついてきた。わっと驚いていると彼女は、

「あの、変な者じゃないです。私、あそこで占いをやっているんですけど。あなたにはこれからとってもいいことが起こるわよ。それじゃ」

といって歩いていってしまった。私は突然のことにひとこともいえず、彼女の後ろ姿を見送った。

通りすがりの人間に、うまいことをいって、自分の占いの部屋に誘導したのなら怪しいけれども、彼女はそうではなかったので、変な人ではなかったのは間違いない。しかしとってもいいことって何だろうか。親しい友だちが亡くなったばかりだっていうのにと首を傾げ、はっきりいって占い師だという彼女の言葉を信じていなかった。

その年の秋、知り合いのプロデューサーのMさんがやってきた。そしてフィンランドを舞台に食堂の話を書いてくれないかという。そしてそれを映画化したいというのだった。出演者は、もたいまさこさん、小林聡美さん、片桐《かたぎり》はいりさんで、あとは地元の人を現地でオーディションするという。できるだけコンパクトな人数で撮影したいといっていた。

二つ返事で引き受けたはいいが、お留守番できないネコを抱えていることもあり、現地には行けない。フィンランドと聞いて私が知っているのは、サウナ、シベリウスのフィンランディア、ムーミン、アキ・カウリスマキ、テレビのニュース映像で見たエアギター選手権、嫁背負い競走、世界的なスキーのジャンプ選手が多い、くらいだった。ヘルシンキの地図、ガイドブック、Mさんと監督の荻上直子《おぎがみなおこ》さんが撮影してきてくれた、市内のビデオを参考にするしかなかった。

　フィンランドでのコーディネーターは、日藝の後輩の森下圭子《もりしたけいこ》さんという女性で、それをMさんから聞いていた私は、

「後輩で外国でそんな立派な仕事をしている人もいたのか」

と感激した。本を書くのは個人作業だが、今回は少し気持ちが違った。といっても映画向きになどという器用なことはできないので、今まで自分がやってきたようにやるだけなのだが、ちょうど平林《ひらばやし》たい子について書いていたので、パソコンの右側には平林たい子関連の本や資料、左側にはフィンランド関係の資料が積んであって、私は右を見たり左を見たりしながら、日々、それらの原稿を書いていた。

　六月に「夕映えの道」というDVDが発売されて、私はそれを見たばかりだった。これはドリス・レッシングの同名の原作を映画化したもので、カメラ一台で撮影されている。母を病気で失った仕事を持つ中年女性と、貧しい九十歳を過ぎた老女との交流を描いていて、何の大きな事件も起きないが、じんわりと心に響く映画だった。大げさな装置がなくても、こんなにいい映画が作れるのかと、私は参考になればとMさ

んにこのＤＶＤを貸して見てもらったりもした。

七十枚ほど書き、Ｍさんはフィンランドに行っていたので、もたいさんに感想を聞かせて欲しいと渡した。そのときの主人公はもたいさんになっていた。三人のなかで年齢がいちばん年上なので、彼女が主人公の店主になるのが、いちばんふさわしく、小林さんと片桐さんがあとから食堂に参加するというストーリーにしていた。しばらくして原稿を読んでくれたもたいさんが家に来て、

「私が主人公ではないと思うのだけど」

という。私は映像のことはわからないのだが、映像にした場合、しっくりくるのは小林さんだという。

私は自分の頭の中で人物を動かして書いていて、違和感がないと思っていたのだが、それが現実の映像になるとまた違い、映像のプロの人から見ると画面というまた別の見方があるのだと勉強になった。そしてあらためて小林さんを店主として書き直し、フィンランド大使館の協力も得られることになり、監督の荻上さんが脚本を書きはじめた。

かもめ食堂

「かもめ食堂」のプロデューサーのMさんは、私に気を遣ってくれて、脚本に手直しが入るたびに、逐一報告してくれたけれど、私はすべてまかせたのだから、好きにやっていただいてかまわない、脚本に関してもMさんがOKであれば、それでいいのでと話した。映像は自分にはわからない分野のことだし、門外漢があれこれ口を出すのもどうかと思った。基本的にひどいことにはならないという信頼関係があったから、そのような気持ちでいられたわけで、本を作る作業でも、信頼関係が築けないような相手とは仕事ができないのと同じである。

特に映画は、途中で様々なアクシデントが発生して、企画が潰れるといった話はよく聞いた。万が一、そうなったとしても、それはそれで仕方がない。どういう展開になろうが、それを受け止めるつもりだった。何もないところから映画を作る。それも外国人も交えての、私からみれば大事業である。それをやろうとしている人たちの仕事をはじめて垣間見《かいまみ》ながら、本を作るのもそれなりに大変だが、映画を作るというのは動くお金も桁違いだし、関わる人数も多いので大変だと、私は原稿を渡した後は、ほとんど傍観者として映画の完成を楽しみにしていた。

フィンランドでのオーディションも終わり、地元の出演者も決まった。私としては、日本とフィンランドをつなぐ大事な役目のトンミくんに、いい人が見つかるといいなと思っていたら、ヤルッコ・ニエミという、とても感じのいい青年が演じてくれるというので安心した。彼の親戚が日本に住んでいたので、日本を身近に感じてくれていたのだそうだ。アキ・カウリスマキの映画に出演している、マルック・ペルトラが出演してくれると聞いて、驚いたりもした。

原稿を渡してから一年半後、途中、頓挫《とんざ》もせずに無事に試写会が開かれた。ここで私の脳内のかもめ食堂と、映像になったかもめ食堂が出会ったわけだが、私がイメージしていたのは、木造の古い食堂だったのだけれど、映像ではきれいでお洒落になっていた。「なるほど」と感心しつつ、夫に浮気をされるリーサ役のタリア・マルクスもぴったりの人選だなあと感心しながら観ていた。

私が観た試写の時間帯が午後から夕方にかけてで、映画のなかで料理のシーンがたくさん出てくるものだから、この静かな会場のなかで、大きな音でお腹が鳴ったらどうしようかと、ずーっと心配していたのだが、私のお腹が鳴る前に、そこここで「ぐー」という音が聞こえてきたので私も気にせずにお腹を鳴らしていた。感想としては、ほっとしたというのがいちばんの気持ちだった。映画のエンドロールに撮影前に亡くなった、もたいさんの愛猫のビーちゃんへの謝辞が出たのには、涙が出そうになった。

試写に来ていた方々がどう感じたのかが気になったので、椅子に座ったまま周囲の様子を窺っていたら、そこここで泣いている人がいたのでびっくりした。なかには号泣している人もいる。映画の内容は淡々と進んでいて、ほとんど大事件など起きない。私は彼女たちがなぜ泣いているのかが理解できなかったが、少なくとも観てくれた人の心の琴線に触れたのはたしかなので、それはうれしかった。

映画が出来上がった時期は、人気のある映画はローラーコースター・ムービーか、難病もので、「かもめ食堂」はそのラインからは大きくはずれていた。それでも自分が原作者という立場から離れても、とても好きな映画になった。シネスイッチ銀座と109シネマズMM横浜の二館からの上映と決まり、

「即打ち切りはいやだけど、せめて一週間くらいは上映していて欲しいな」と願っていた。試写会のときは何でもなかったのに、偶然、テレビで映画の予告編のCMを、ラストに流れる井上陽水《いのうえようすい》の「クレイジーラブ」と共に観たとき、涙が出てきた。そうなったのは、彼の声で涙腺がつつかれたからといっても間違いなかった。完成させるまでに、激務のプロデューサーのMさんが、何度も倒れて救急車で運ばれたのを急に思い出した。

制作者サイドから、チケットをいただいたので、編集者、小唄の師匠や同門の方々に、

「お時間がありましたらどうぞ」

とお渡しした。そして封切りになったとたんに、びっくりするくらいの人数の方々が観にきてくださった。銀座は映画館のシステムにより、すぐに建物の中に入れず、三月という天候が不安定な時季に、ずっと外で待たなくてはならないという事情を知って、何とかならないのかと申し訳なかった。私自身がとにかく並ぶという行為が大嫌いなので、

「ひゃああ」

と頭を抱えたくなった。

後日、整理券が配布されるようになったと聞いてほっとしたけれど、私にとっては予想外のことばかりだった。昔からよく知っている編集者の男性からは、

「ぶらっと行っても、すぐに入れると思ったら、ものすごい人でびっくりしました」

といわれて、

「申し訳ございません」

と謝った。傘寿《さんじゅ》を過ぎた小唄の師匠もわざわざ観に行ってくださり、

「よかったわよ。楽しかった。ただものすごくお腹がすいちゃって。帰りにトンカツを食べちゃった」

と笑っていた。周囲の感想を聞くと、観終わった後にものすごくお腹がすいて、食事をしたという人がほとんどだったのだが、食べた人がいちばん多かったのは「トンカツ」だったのが面白かった。

「かもめ食堂」は一週間で打ち切られることもなく、私の想像を超えてたくさんの方に観ていただいた。沢木《さわき》耕太郎《こうたろう》さんが、新聞で大きく紹介してくださったのも、とてもありがたかった。監督の荻上さんや、Mさんのおかげで、原作のイメージをふくら

ませていただき、素敵な映画になったのは確かである。私自身は、もちろん気に入ってくれる人たちはいるだろうけれど、こんなに多いとは思っていなかった。こそっとはじまってこそっと終わり、観てくれた少数の人たちが、

「あの映画、よかったね」

といつまでもいってくれる。私はそんなイメージをこの映画には持っていた。しかし実際はそうではなかったのだった。

あのほとんど何も起こらない映画を楽しく観てくれた人がたくさんいたということは、必要以上の自己主張や、大声を出したものが勝ちといった世の中に対して、それは違うと思っている人もいたと私は解釈した。なかには評判のものは、はやりに乗り遅れないように、興味はないけれど、いちおう観ておこうという人もいるし、観た人すべてが面白いと思うわけでもないだろう。しかし出不精の私としては、どういう理由であれ、並んで観なくてはならない映画に、足を運んでくれたということだけで御礼をいいたくなった。

二館からの上映だったのが、地方の映画館からも上映要請がくるようになり、地方都市でも観てもらえるようになった。

「現在、上映されている映画館です」

と随時、各都市の上映館と上映期間の一覧を見せてもらった。カレンダー式の用紙に、各映画館の封切り日が記されていて、そのほとんどは終了日が未定になっていた。上映期間が延長される映画館が多々あるなか、一か所だけ、一週間で打ち切りになった都市があった。それを見て私は、

「えー、打ち切り？」

と大笑いしてしまった。一週間で打ち切りでもよしと考えていたのに、実際にそのような判断をくだした映画館があったので、がっかりするというよりも、おかしくなってきたのだった。リストを見せてくれた人は、

「どうしてでしょうね。それなりに文化的な都市だと思うんですけれど……」

と腑に落ちない表情だった。

「きっとその県の人には、全然、面白くなかったんでしょうね」

そういったらまた笑いがこみあげてきて、何度もそのリストを見直しては、

「あはは、何度見てもやっぱり打ち切りになってる」

と笑った。ただそういう場所があったことで、少しほっとした。みんながみんな面

白いと感じるほうが変なのである。

それから編集者や知り合いに会うと、彼ら、彼女たちがまず口にする言葉は、

『かもめ食堂』、観ました」

だった。

「そうですか。ありがとうございます」

御礼をいうと、みんなはどこが気に入ったかを、私が聞くまでもなく熱っぽく話してくれた。「映画が終わった後、しばらく立ち上がれなかった」「最後に映画の場面が次々に出てきて、井上陽水さんの曲が流れてきたら、自分でも意外なくらい、だーっと涙が出てきた」などなど。「十戒」や「ベン・ハー」といった長時間の映画を観終わった後ならともかく、彼らが席から立ち上がれなかったのはどうしてなのかは、私にはわからなかった。でもそういう感想は、とてもうれしいものだった。

担当の女性編集者が中学一年生と小学校四年生の息子さんと一緒に映画を観てくれた。彼女自身は彼らが退屈するのではないかと不安だったらしいのだが、後日、兄弟で話しているのを聞いたら、

「今年の映画のベストワンは『かもめ食堂』だね」

といっていたという。私はこの話を聞いて、自分の書いている本とは接点がない彼らが、気に入ってくれたことで、映像の力を再認識したのだった。

暇

はっきりとした年は覚えていないが、だいたいこの頃から、原稿を書いた際の校正者のチェックが、私から考えると、

「どうして？」

といいたくなるような内容が多くなった記憶がある。たとえば私がはっきりと物言いをした場合、その前に必ずエクスキューズをつけるように求められるようになった。

「私はAが嫌いだ」

と書いたとすると、その前に、

「好きな人はいるかもしれないけれども」

といった一文を書き加えたらどうかという提案が多くなったのである。

これまではそういったチェックはほとんどなかった。もちろん最低限のマナーは守

るけれども、それ以外は好きに書いていたのが、何だかとても窮屈になってきた。どうしてそんなふうになったのかと編集者にたずねたら、文章を読んで苦情をいってくる人が多くなったからだそうである。何であっても人それぞれに好き嫌いの差がある。私は嫌いだけれど、あなたは好きかもしれない。それが暗黙の了解としてあったのだが、それがいつの間にか人々になくなり、自分が好きなものを嫌いといわれると、過剰に反応する人たちが増えた。

そういえば昔、私のところに来るクレームの手紙は、私が書いた内容についての反論だった。

「小学校の給食はまずかった」

と書いたら、

「私は給食はおいしくて大好きだった。あなたは私の思い出を傷つけて大変不愉快だ」

とあった。私としては、ああそうですか、私と違っておいしい給食でよかったですねとしかいえない。同じ給食を食べていたわけではないので、文句をいわれても何ともいい難い。しかし、

「酒を飲んで暴れる奴はだめだ」

と書いたとする。これまでは、その酒を飲んで暴れる奴から文句がきたのに、

「私はお酒を飲んでも、そんなことはしてません」

と怒った手紙がくる。暴れないのであれば、それでいいのではないですかといいたいのだが、当事者ではない第三者が文句をいってくるようになったのだ。

「あんたのことなんか、何もいってないよ」

である。自分のことをいわれてないのに過剰反応をする人が多くなり、私ですらこうなのだから、世の中の多くの人が利用する店舗、多くの人が見る映像業界などでは、理解しがたいクレーマーが後を絶たないのではないかと思った。

販元としては対応も大変だし、校正者はクレームが来る可能性のある文言をチェックするのが仕事なので、致し方ないのかもしれないが、どうしてそんな人たちを気にして書かなくてはならないのかと納得できなかった。差別語ではないのに、

「そういう可能性があるから」

とチェックが入る。それがだんだん拡大されて、

「ごくふつうの話じゃないか」

と私は思うのに、

「差別表現ととられる可能性があります」

といわれる。何十年も前、文中で「デブ」と書いたら、担当者がこれは差別語なので書き直して欲しいというので、

「私も太っているんですけど」

といったら、

「じゃあ、いいです」

といわれたことがあった。

「『じゃあ、いいです』とは何だ！」

と憤慨したのだが、結局はそのようなものなのである。その話を同業者の男性にしたら、私が書いたのとは別の出版社の原稿で、彼が「ハゲ」と書いたら、同じように書き直せといわれた。そこで彼が、自分は薄毛なのだがといったら、

「じゃあ、いいです」

とそのままＯＫになったという。そこでデブとハゲは、

「ひどいよね」

と意見の一致をみたのであるが、まったく何が基準なのかよくわからなかった。

かつて料理の連載で、私が作ったおはぎに粒あんがうまくくっつかず、箸で持ち上げたらどっと崩れ落ちたと書いたら、

「この間大きな地震がありましたが、この表現はいいですか」

とチェックが入った。私はそのゲラを見ながら、おはぎと地震の共通の問題点について、しばし考えなくてはならなかった。「崩れた」というごく一般的に使う言葉でさえ、使っていいのかといわれるようになってしまった。

「みんな神経質すぎませんか」

である。

文章、文言のチェックが何か変だと思っているうちに、びっくりするような言葉がひっかかるようになった。最も驚いたのが「すべり止め」だった。私が入試のときの話を書いたのだが、どこが問題かというと、そのすべり止めの対象にした大学を差別しているからというのが理由らしい。しかし結果的に私はそのすべり止めに落ちたのである。すべり止めにする学校は、たしかに偏差値は志望校よりは下になる。しかしそれが差別に当たるのだろうか。私はチェックの理不尽さに対して、

「それではハーバード大学を受験する人が、東大をすべり止めにすると、東大を差別したことになるんですかね」

と怒ったら、編集者も、

「チェックをした意味がわかりません」

と首を傾げていた。そしてそれが少しずつ、文章を書く人間に対して、プレッシャーをかけている。そしてクレームが来てもあとは自分に任せてと、胸を張ってくれるような版元や編集者ばかりではないのだった。

「かもめ食堂」はおかげさまで多くの人が観てくださってほっとしたが、本来の私の仕事の面ではあまりいいことがなかった。担当編集者といっても彼らは会社員なので、異動がある。編集部内だけではなく他部署への異動もある。そしてたまたまなのだが、私の担当者が全員代わった。もちろん引き継ぎはあるけれど、新担当者も以前から抱えている仕事があり、すぐに私が新しい担当者と仕事をするわけでもない。それで私の連載は一本もなくなってしまった。以前からの連載がまとまった単行本が二冊と文庫本は出るものの、連載というのは会社でいえば、給料のようなものなので、その給料がなくなってしまったのである。

このような状況ははじめてだった。「かもめ食堂」が私の人生で最後の大仕事で、今後は仕事の依頼は来ないのかもしれないと考えた。そうなったら現在のマンションにはとうてい住めず、実家の高額ローンも払えなくなる。ローンはもともと家など買う気がないのを、ほとんど騙されて買わされたような状態だったので、強欲な母や弟がどうなってもかまわないけれど、私自身のこれからをどうするかが問題だった。

家賃が安い場所に引っ越すのはどうということはないが、ネコが飼えるところでないと困る。しかしこれからその安くした家賃すら払えなくなるかもしれない。

「どうしようかなー」

暇になった私はぼーっと考えていた。しかしどうしようかなといったとしても、こちらは仕事をいただく身なので、どうしようもない。とりあえず時間はあるので、こういうときにふだん読めなかった本でも読もうと、積んでおいた本を片っ端から読んだ。そして同じように買ったまま溜め込んでいた毛糸を取り出して、編み物ばかりしていた。読書と編み物とネコと遊ぶのと、毎日それの繰り返しだった。

自分としては最高の日々ではあったが、残念ながら預金通帳の残高は減るばかりである。

「しょうがないなー」

いつもそればかりが口に出たが、やっぱりどうにもならず、ぼーっとするしかない。それでも小唄のお稽古には通っていて、こちらもいつまで続けられるかなあとも考えた。「どうしようかなー」と「しょうがないなー」の繰り返しで、半年が過ぎた頃、一通の封筒が届いた。「かもめ食堂」のロイヤリティーの振り込み通知だった。「かもめ食堂」は低予算で制作したため、ロイヤリティーに関しては出来高払いになっていた。多くの方が観てくださったおかげで、原作者の私にも平等に配分され、本当に助かった。もしもこれがなく、連載の仕事も依頼されなかったら、私は書く仕事をやめなくてはならなかった。

出版される新刊本が年に一冊程度になったけれども、それからしばらくは映画のロイヤリティーのおかげで、私は生活を保つことができた。本当に自分は運のいい人間だと思った。

二〇〇八年の六月の夜、夕食を食べ終わり、そろそろ寝る前にお風呂に入ろうかと思いつつ、ネコとソファでのんびりしていると、電話がかかってきた。こんな時間に誰かと思ったら弟だった。会社から帰って来たら母が洗面所で倒れていたという。救急車で救急病院に運んでもらい、病院から連絡しているという。今からここに来てもどうしようもないので、明日、来て欲しいといわれた。私はわかったと返事をすると、ふだんとは違う様子を察したのか、ネコが「どうしたの」という表情で私の顔を見上げていた。

「あのね、おかあちゃんのお母さんが、倒れちゃってね、病院に運ばれたんだって。だから明日、お出かけしてくるね」

ふだんは「お出かけ」という言葉を聞くと、

「ぎゃーっ」

と叫んで嫌がるのに、このときはおとなしく私の話を聞いていた。

盗作

母親には意識があると聞いて安心はしたものの、やっぱり来たかと私は腹をくくった。

翌日、病院に行くと、外見で判断してはいけないけれど、

「この人、医者なのか？」

といいたくなるような、茶髪で長髪の主治医が、脳のレントゲン写真を私に示しながら、

「ここから出血したようですが、もう止まっています。僕の考えでは手術は必要ないと思われます」

といった。こちらは、

「ああ、そうですか」

と答えるしかなかった。とりあえず手術はしなくてよいという判断に、ほっとしたが、

「後遺症として、短期の記憶障害が出る可能性があります」

とも告げられた。脳内出血をした後、体のどこかに支障が出るのは知っていた。半身不随になったり、言語障害が起こる。それは仕方がないと納得した。

母と私との関係は最悪な状態になっていた。母の生活費は全部私が見ていたし、家はいらないから着物を買って欲しいというので買ってあげていると、結局は騙されて家を建てさせられるはめになった。母の思考回路は理解しがたく、母が懇意にしている店主が出す予定の本に、私が協力すると勝手にその人と約束してきたので私は怒った。その店主はとても感じがいい方で、彼女からそんな話をいいだすとはとても思えない。おせっかい体質の母が、本を出すのだったら娘にも手伝わせましょうと調子よく余計なことをいったのに違いない。だから私がやらないといったら、

「帯を縫ってもらったくせに、それくらいやりなさいよ」

と逆ギレしたのだ。しかし私は無料で仕立ててもらったわけではなく、ちゃんと請求された対価は支払っているので、それですべて済んでいるはずといったら、ぶつく

さいいながら電話を切った。

一体何をするのやらと呆れていたら、次には私がかつて対談した方々のイベント等を調べ、そこに出向いて隙を見ては、

「娘がお世話になりました」

といってまわっていた。相手の方々が驚くのは当たり前で、その驚いた様子をうれしそうに電話してくる。質《たち》が悪いのである。私の名前を出して、売り切れになった舞台のチケットをむりやり入手したり、本当に後から聞いて冷や汗が止まらず、お詫びができる方にはしたけれど、なかにはできなかった方もいて、本当に申し訳なかった。

家庭内だけならともかく、私の仕事に関することで、他人に迷惑をかけるんじゃないと怒るとふてくされる。私はこの人とはうまくやっていけないと確信した。そんなときに母が倒れたのである。正直、これで騒動を起こせないとほっとした部分もあった。いちばん最初に面会に行って、私を覚えていなかったとき、ちょっとうれしくもあった。しかし次に行ったときには、ちゃんと覚えていてがっかりした。

梅雨から真夏をはさんで、私は仕事をしながら週に三日、往復三時間以上かけて病院に面会に行った。退院後の母はデイサービスに通うことになった。彼女は体にも言

語にも支障は出なかったが、短期の記憶障害は改善されなかった。退院して家に戻った日、弟に、

「私は病み上がりで体が十分じゃないので、これからはお手伝いさんを雇って欲しい」

といって怒られたりした。私はその話を聞いて、

「本性というものは、何があっても変わらないものなのだな」

とよくわかった。そしてその年の十一月に、私が体調不良になった。甘い物の食べ過ぎで体が冷え、体内の余分な水分が滞っているのが理由だった。それから漢方薬局とのお付き合いがはじまった。

翌年、私のところに、出版社から読者の手紙が転送されてきた。一見して、これはちょっとよろしくなさそうな雰囲気が……と感じた封筒は、担当編集者のほうで開封して中身をチェックしてくれるのだが、その手紙は封をしたまま転送されてきた。宛名はなく封を開けるとコピーが数枚と、手書きの手紙が入っていた。

読んでみるとそれは私の文章を盗作している人がいると知らせてくれた内容だった。同封されているコピーを見ると、たしかにそれは私が書いたものだった。私が小説で

書いた内容を、自分のエッセイのようにして書いている。教えてくれた人は、私の本をずっと読んでくれていて内容をよく覚えていた。これまでもその盗作した人は何回も投稿していて、それによって掲載料をもらっているという。盗作原稿を掲載した媒体に、匿名で何回か、その人は盗作している旨の手紙を送ったけれども、匿名だったために読んでもらえなかったのか、それ以降も盗作した原稿が掲載され続けている。それが許せずに直接、私のところに届くよう送ってきてくれたのだった。

私は早速、教えてくれた人の手紙と、同封されていたコピーを担当者に送って、

「これは悪質なので、きちんと対処したほうがいいのではないか」

と、私の考えを話した。後日、担当者が、どのくらいの割合で文章を盗作しているか、その部分をカラーペンで示してくれたところ、同封されていた投稿エッセイのコピーの文章のうち、どれも一回分の三分の二が私の本を丸写ししたものだった。それが一度だけではなく、何年にもわたって何回もやられていたのである。

これは盗作した人に、きっちりと謝ってもらわなくてはと、掲載していた媒体に連絡を取ってもらい、対処をお願いした。すると媒体の担当者はその事実にびっくりして、大きな朱印が押された詫び状が送られてきたが、今後このようなことがないよう

に注意するという、まあ、よく見るような文面だった。私はそれを読んで、今後このようなことがないようにと書いてあるが、いったいどのように気をつけるのか、まったく理解できなかった。だいたい投稿者が夏目《なつめ》漱石《そうせき》や森鷗外《もりおうがい》の文章を盗作しているのならわかるかもしれないが、私の文章を盗作して投稿しても、私の本を読んでもいない編集者がわかるわけがない。いや、読んでいたとしてもわからないと思う。

通り一遍の手紙に誠意がないと判断した私は、盗作した人に盗作した経緯を書いた手紙を書いてもらうこと、現に読者の一人は前々からわかっていたのだから、私の文章を盗作していた事実があったと、きちんと媒体上で公にすることを求めた。先方は詫び状のみで話を終わりにしたかったようだが、結局は私の希望をのんでくれた。

後日、盗作した本人から、媒体経由で住所が書いていない手紙が届いた。文字の感じからして、私と同年輩かやや年長ではないかと思われた。盗作した経緯は、たまたま私の小説本を図書館で借りて読んだところ、こういった文章が書きたいと思い、その本の文章を写して投稿したと書いてあった。私はそれを読んで、

「図書館で借りた本を書き写して、それを何度も投稿するとは何事か。せめて買えよ」

と頭にきた。きっと当初は、掲載料欲しさではなく、投稿する楽しみだけだったと思う。それがたまたま掲載され、掲載料ももらえたのでやめられなくなり、何度も繰り返すようになったのではないか。

その後も媒体の担当者は誠意を示してくれて、その人の過去の投稿を全部調べ、そのなかにも私の文章を盗作したものがいくつかみつかったと連絡してきた。盗作した人の手紙には、以前も同じようなことをしたということは書いていなかったため、私はもう一度、過去の盗作についてもその経緯を書いてもらうようにと、媒体の担当者にお願いした。しばらくしてその人から手紙が来たが、前に届いたのと内容は同じで、盗作したときの事情などは書いていなかった。物を盗んだ人間に詳しく状況を聞いても、やったという事実だけで、克明に話せないのと同じかもしれないが、気分的にすっきりしなかった。

私としては手紙からは罪悪感が感じられず、上っ面だけのお詫びの言葉しか並んでいないと感じたが、これ以上、その人と関わりたくなかったので、これで終わりにした。媒体はきちんと私の名前を出して、過去に掲載した複数の投稿文に盗作があったことを認め、読者にも詫びた一文を掲載してくれた。盗作はよく聞く話だが、まさか自分がされると思わず、それも投稿する文章を三分の二も丸写しし、それを何度も繰り返していたなんて、想像もしていなかった。

この話を他社の編集者にしたら、地方の投稿マニアというか、素人とプロの中間のような人がいて、昔から盗作問題は起こっているという。当然ながら、すべてチェックできないので、一部では盗作は続いているのではないかといっていた。

その一方で、盗作した人が投稿した文章が掲載されてよかったと、少しほっとした。もし投稿したとしても、担当者が、

「これはつまらん」

とはねてしまえば掲載されない。それを考えるとその無名の盗作者が私の文章をほとんど丸写しして投稿し、それが何度も掲載されたということは、私の文章がそれなりに担当者の琴線に触れたということでもある。

「うーん、文章を書いて生活をしている人間として、いいんだか悪いんだか、よくわからん」

何とも気分がよくない出来事だった。

働く人生

小説『れんげ荘』が二〇〇九年に出版されたとき、これは私が好きで書いた本だけれど、世の中に受け入れられるのかなあと思っていた。この本の主人公のキョウコの生活は、私の理想の生活の形でもあった。必要最低限のお金を稼いで、あとは好きなことをして暮らす。満員電車や長時間労働が合わないのがわかった私は、よりよい職場を求めて転職し、結局は収入が不安定で保証もない物書きになった。

おかげさまで本もたくさんの人に読んでいただき、今でも仕事ができている。しかしどんな仕事でもそうなのだけれど、いいことばかりではなく、ある時期はずっと、税金の支払いのために働かなくてはならないような状態だった。

「こんなに働く人生じゃなかったのに」

とため息をついていた。自分の手元のお金の出入りだけだとシンプルなのに、そこに税金が加わると、働かざるをえなくなってくる。会社員の給与のように、原稿料や印税が支払われるときに、今よりはパーセンテージが多くはなるが、国税、地方税を含めて一律の金額を天引きし、支払われたお金は全部遣ってよしとなったら、こんなに楽なことはない。しかしどういうわけか、この国はそういうことはせず、物事はすべて複雑にして、国が奪い取るようなしくみになっているとわかった。

ずいぶん前、占いができる香港在住の中医の女医さんに、

「あなたは仕事をまったくしない生活は無理。そのほうがストレスになるタイプ」

といわれた。仕事が立て込んでくると、自分が働かなくても、お金が入ってくるような立場だったらよかったのにと思っていたが、私は一生、働くようにできているらしい。

『れんげ荘』の構想を練っているとき、女性のなかには自分にはそれほどの収入がないのに、借金をしてまで服を買ったり、旅行をしたり、グレードの高いマンションに住んだりと、欲を全面に出すタイプがいるのが気になっていた。実の自分ではなく嘘の自分を演じようとする人が多くなった印象を受けた。それで主人公は、彼女たちとは真逆の生活をしている女性の話にした。編集者の依頼は、「若くはないけれども老

齢ではない、ひとり暮らしの女性の話」だった。世間的にはある程度の年齢なので、それなりの部屋に住んで、安定した生活ができているイメージだが、それから何段階も落とした生活にした。彼女はこれから一生、生活できるぎりぎりの金額を貯めるため、我慢に我慢を重ねてから会社をやめ、古い木造アパートで暮らしている。そして一切、働かない。

現状から考えて、若い女性からは、「こんな暮らし、絶対にいやだ」と嫌われる生活をしている女性の話なんて、読まれるのだろうかと自分で書いておきながら考えていたが、私は書きたいものを書いているので、売れてくれればうれしいけれど、あまり気にしていない。編集者は胃が痛くなるかもしれないが、私は世の中に受けそうなものを書くという意識はない。読者を想定してもいないし、こういうふうに読んでもらおうとも思っていない。世の中に出したら、それは読んだ人のもので、どんな感想を持とうが、それはその人の自由なのである。

洋服も買わず、古いアパートの六畳間で、侵入する蚊と闘う無職の女性の話は、想像もしなかったほど多くの人に読んでいただいて、担当編集者ともども驚いた。もしかしたらみんなどこかで無理しているのではないか。もちろん好きな生活を選択した主人公も我慢をしなくてはならない部分はあるのだが、会社やその他の人間関係をうまくやらなくてはならないための理不尽な我慢とは違い、自分のための我慢ならできる。逆に、それだけ人々は疲れ、納得できない我慢を強いられ、ふと気がつくと一日が終わっている毎日を繰り返しているのではと気付かされた。

なかにはこの話を読んで、知名度も給与的にも恵まれた会社をやめてしまったという女性がいるとの話を聞いて、私はあせった。その方は私と違って、きちんと財政管理ができる人なのだろうが、何かあった場合、本が退職のきっかけとなったと聞いたら、ちょっとどきどきする。思わず、

「ええっ、私、その方の人生に責任は取れないけど……。どうしよう」

といい放ってしまった。別の読者の方からも同じ内容の元気のいい手紙をいただき、

「ひえええ」

となったのだが、お二人がつつがなく暮らしていますようにと願うばかりである。

生活環境も含めた外見至上主義人が多くなる一方で、実を取る若い人たちも多くなってきて、シェアハウスというシステムが登場してきた。うちの近くでも、大きな家に住んでいた一家が転居したと思ったら、あっという間にシェアハウスになり、外国

人も含めた若い人たちが住んでいる。不動産屋も広い都内の一戸建てを手直しして売るより、部屋を個別の賃貸にしたほうが楽なのかもしれない。

　私はシェアハウスは無理だけれど、古いアパートには住める。今の住居は友だちの紹介で入居し、私には広くて贅沢でそれなりに家賃も高い。若い頃はよかったが入居して二十年近くなると、状況も変わってくるので、いろいろと持て余すようになった。部屋のそこここに本やらその他もろもろがぎっしり詰まっていて、それが悩みの種だった。引っ越しを何度も考えたが、そのうちにここに住んだおかげで保護できたうちのネコが歳を取ってきたので、それが難しくなってきた。老ネコにとって引っ越しはいちばんのストレスになるといわれているので、ネコを看取《みと》った後に、コンパクトな部屋を探そうと考えていた。私がひとり暮らしをはじめた二十四歳のときは、六畳一間で十分生活できたのだから、できないわけはないのだ。

　仕事をいただけてありがたいと思う反面、ちょっと休みたいとも思いながら仕事をしているとき、東日本大震災が起こった。私の親の世代は、事柄を思い出すとき、

「戦争の前だから……」

と自身の経験の記憶の基準にしていたが、それが私の場合は、東日本大震災になっ

た。震災直後、しばらくの間は本は出せないかもしれないという話や、こういう事態が起こるから、紙の本ではなくて、電子書籍のほうがいいのだという話を耳にした。これまでのどの世代でも、戦争や天変地異が人々の意識を変える大きなきっかけになってきたが、今まで気楽に過ごしてきた私は、オウム真理教の一連の事件が、それにあてはまるのではと考えていたが、それ以上の事態がとうとう来たという感じだった。地震だけではなく、津波、原発事故と強烈なダメージが続いた。

相手が天変地異だとどうにもならない。甚大な被害を受けた地域の方々のことを考えると、言葉もなかったが、私は以前と同じように日々の生活を続けるだけだった。ある地域では、計画停電を強いられたり、個人でも節電、節約の意識が強くなった。商店に入っても限られた照明しか灯《とも》っていないので、中はとても暗かった。今までどんなに明るかったのかとそのときはじめて認識した。被災地の人々に何か役に立てばとは思うが、こちらがよかれと思っていることが、相手にとってはときに迷惑なのが地震があってよくわかった。応援の気持ちの千羽鶴の始末や、役に立たない物品の整理など、それらの量が増えるたびに、受け取る側やボランティアの人々が、本来の業務ではない作業の連続で疲弊したと聞いた。

精神的な励ましはもちろん必要だが、それがかさばり、現実的に生活の役に立たないものだった場合、どんなに心がこもっていても、迷惑でしかないのはよくわかった。昔からの「気持ちがこもっているから」だけでは、どうにもならない。優先順位で現実に先方に何が必要なのかを、相手の気持ちにそって届けなければ、ただ迷惑なだけと肝に銘じた。そして昔のように受け取る側も、善意で送ってくれたのだからと我慢しないで、きちんというべきことはいう世の中になって、よかったとも思った。

実はそれより前に様々な理由で家にいられない女性たちのシェルターで、寄付品を募っているらしいと知って、役に立てばと欲しい物品のリストを見てみた。その施設がたまたまそうだったのかもしれないが、米、食材よりも、すぐに食べられるようなレトルト食品を求めていたり、化粧品も銘柄が指定されていたりして、私には何も協力できるものがなかった。細かく規定がありNGのものが多かったので、何となく納得できない気持ちがあったのだが、自分が善意の押しつけをしようとしていたと反省した。内容にもよるけれど、相手が望んでいるものを渡すのが支援なのだ。自分が人に対して物を贈る場合についてもいろいろと考えさせられた。

歌手、ダンサーなど人の前で表現する人たちは、それによって被災した方々を慰めることができる。たとえばマンガ家、イラストレーターの方々は、その場でワンカットの絵を描いても喜んでもらえるけれど、文章を書いている人間はそうはいかない。精神的に衝撃を受けたり疲弊している直後は、すぐに目で見て理解でき、耳にして心地よく感じられるもののほうが心に響くのだ。

のちに避難所で本を読んでいると心が落ち着くという人がいたと知って、物を書いている立場として、とてもうれしかった。同じく編み物をしていると気持ちが安らいだという人もたくさんいたと聞いて、編み物好きとしてはこちらもうれしかった。その後、徐々に生活は前の状態に戻ったが、東日本大震災によって、節約に向かうのか、鬱憤が爆発して消費に向かうのか。世の中の人々の考え方がこれまでと変わる気がした。

著作権

世の中が節電ムードになっていて、多少、店舗の照明が暗くても、みんな文句をいわなくなった。冷暖房もなるべく控えるという風潮だったし、質素、倹約をテーマにした雑誌も売れていたような気がする。テレビでもしきりに、節電を呼びかけていたのを覚えている。しかしそのうち熱中症になる人たちが多くなったせいか、それとも他の理由があるのかわからないが、我慢しないで夏場はクーラーを使うようにという方針になった。もちろん人命が最優先だけれど、ずいぶんころっと変わるものだと、私はその変化に呆れていた。夏の気温も人間の力ではどうにもならず、高温だったら体に負担がないように冷房を使う必要もあるだろう。しかしそれとは関係ないところで、薄暗かった店舗も以前と変わらない明るさの照明が点《つ》くようになった。

震災以前の生活に戻す、といっても根本的には戻っていないのだけれど、節電しろといいながら、電気がないと困るという考えを植え付け、原発が必要という方向に持っていこうとする、誰かの策略を感じた。震災によって生活スタイルを変えた人も多かったけれども、そうではない人もたくさんいる。私はといえば温水洗浄便座を、使うときだけ通電して節電しようと、プラグを抜いたり差したりしていたら、あっという間に壊れてしまった。

このように以前よりも電気の使い方を、変えた部分もあるし、変えなかった部分もある。住んでいるマンションが住宅地の中にあっても、幸いとても風通しがいいので、私一人だけだったら気温三十五度を超えなければ、クーラーなしでも大丈夫なのだが、飼いネコが老齢になってきたので、クーラーはこの子のために使っているようなものだ。各地の原発が停止しても、結構、生活できていたのは驚きだった。現実には原発事故に関しては、依然、不安定なままだ。それなのに喉元過ぎれば熱さ忘れるで、何もなかったような雰囲気になっていた。

そんなある日、一枚の大型封筒が届いた。中を開けるとX社発行のアンソロジーの再録許可願いが入っていた。差出人はフリーランスの編集者で面識はない。これまでもアンソロジーに関しては、特に問題がなかったので、許諾して再録してもらっていた。X社のアンソロジーについての依頼書を読み進んでいると、再録願いが出されている書籍の出版社のQ社ではなく、関係がない別の出版社名が記載されていた。私はこれでこのアンソロジーの編集者の能力を判断して、版元を間違える編集者とは仕事をしないと正直に理由を書いて、許諾はしないと書類を返送した。

それで話は済んだと思っていたのだが、しばらく経って、そのアンソロジーが送られてきた。送ってきたのはかつて仕事をしたP社の編集者からで、

「ご紹介いただきありがとうございました」

とメモが入っていた。紹介したことなんかないのにと驚いて本を開いてみたら、私が許可していないのに、P社から出した本の文章が、勝手に記載されていた。私がQ社の原稿の再録を許可しなかったので、こちらに何の連絡もなく、編集者がP社と連絡を取ったらしいのだった。

P社とは以前にトラブルがあった。書籍が発売されても部数の連絡も明細書も届かず、編集作業中に三人代わった編集者もみな部数に関しては何もいわないので、こちらにどれだけ印税が入るのか、まったくわからなかった。そして銀行に振り込まれた金額が、私が想定していたよりも多かったので、部数が変更になったのかと思ってい

たら、P社の経理担当者から、「振込金額を間違えたので、返金して欲しい」と書面で連絡がきた。たしかそのとき、やっと発行明細書が届いたと記憶している。いったい何を信用していいのかわからなくなった。いくらでも支払いをごまかせるやり方だった。

「銀行に行くバス代、電車代などの交通費は差し引いていただいてかまいません」などと書いてあり、ふざけんじゃねえよと怒りながら、真夏に差額分を返金しに銀行まで出かけた。そしてこの件に関して、後日、社長よりお詫びの手紙が届いたという顛末だった。

私は不安になったので、今後一切、P社とは関わらないでおこうと決めていた。すぐにかつての担当編集者に電話をして、

「私のほうには、そちらからの許可願いが届いていないのに、なぜこの本に私の文章が載っているのか。すぐに調べて連絡をするように」

と怒った。だいたい担当者が私の許可を得ていないのにもかかわらず、本をこちらに送ること自体、変だというのが、彼女にはわからないのだ。

すぐに担当者から返事があり、社内で勝手に許可を出したとわかった。まず件《くだん》のフ

リー編集者から著作権業務の部署にメールで連絡があり、部署の担当者が編集部に確認した。そこで編集部の上司が勝手に許可を出して、著作権業務の部署からフリー編集者に許可した旨が伝わったという話だった。私はその許可に関する、編集者と著作権業務の担当者のやりとりの際のメールのすべてのコピー、許可を出した上司の詫び状をすぐに送るようにといい、P社にある出版物の版権を引き上げるので、書類を早急に送るようにと担当者に告げた。

届いたメールのコピーを読むと、編集者は、「欲しいのは許可です」と、何度もメールに書いていた。私に文句をいわれたので、私抜きで許可が欲しかったらしい。これはその編集者も私に無断で勝手に許可をしたP社の上司も悪質だと判断した。当該の上司からの詫び状も、いちおうは謝っているようには見えるが、「どうして私がこんな手紙を書かなくちゃいけないのかしら」という雰囲気がにじみ出ていて、

「こいつ、全然、わかってないな」

と不愉快になった。そして、

「許諾についてのご連絡をしても、お忙しくお過ごしだと思って、こちらで判断いたしました」

と書いてあったのを読んで、私の頭は大爆発した。このように厚意に見せかけて自分のミスを正当化する人間が、私は大嫌いなのである。

そこで所属している日本文藝家協会の著作権管理部に、コピー等を送って相談した。私とフリー編集者及びX社、P社との問題なので、他社の編集者には相談できず、会員でもあるし寄附金も払っているから、ちょっと助けてもらってもいいかなと連絡してみたのである。するとすぐに返事をいただき、著作権をすぐにP社から引き上げたのは正しい判断だったことと、今後の話の進め方についてアドバイスをいただいた。私は編集者に対して内容証明つきで、私が掲載の許可をしておらず、現状のままでは著作権侵害にあたるという内容の手紙を送った。しかし返事は、

「出版社から許可をもらっているから」

の一点張りで、自分は悪くないという態度がみえみえで、著作権使用料についても、

「いくら払えばいいのか教えて欲しい」

という有様だった。

(それは版元が試算して、そちらが連絡してくるものだろうよ)

と憤慨した。アンソロジーにはもちろん他の方々の作品も掲載されていて、私と同

じように著作権使用料について、何も提示がなさそうだったのは簡単に想像できた。

再び日本文藝家協会の著作権管理部に状況を説明すると、ありがたいことに以降の問題に関しては、交渉してくださることになった。編集者と連絡をとった著作権管理部の方からのメールによると、明らかに販元とフリー編集者の無知によるもので、著作権というものを何も理解していなかったという話だった。そういう人たちが、再録料、著作権料が発生するアンソロジーを作っている。恐ろしいことである。

その後、編集者にアンソロジー本を発注したX社の責任者から、ファクスで自分たちが無知であったと詫び状が届き、著作権料の提示があった。私が想像していた金額よりも多く、それについては請求書を送って欲しいという。その返信として、

「私だけではなく、掲載をした他の方々全員にきちんと著作権料を支払って欲しい」

と書いたが、それに対する返事はなかった。

きっちりと説明を求める、いわばうるさい書き手には支払い、黙っている人に対しては無視するおそれもあると、とても気になった。

版権を引き上げるとなると、社長の耳にも入るので、書類と共にP社の新任の社長から、お手紙をいただいた。そして前回は「私は悪くないはず」といった態度の手紙

を書いてきた上司からも、真摯《しんし》に詫びている手紙が届いた。版権を引き上げると聞いた社長から理由を聞かれ、きつく叱られたのかもしれない。

なかには自分の作品や写真が掲載されることがうれしく、お金はどうでもいいと考えている人もいるのは事実だが、それは絶対にしてはいけない。そういう人がいる限り、それにつけこんでくる人間が残念ながら出てくる。著作権の問題がいろいろといわれているのに、現実には版元も編集者も、とても意識が希薄なのだ。版元が自発的に誠意を見せて、きちんとした対応をしてくれることを望むばかりだった。

この一件で、私はどっと疲れた。当然、出版人として理解していなければいけないことなのに、知らない業界人が何と多いことか。また知ってはいるのに以前の盗作問題のときのように、大事にならないように揉み消そうとする。そして内容証明の返事以降、フリー編集者からは何の連絡もなかった。

四十年

二〇一五年に発売した『ゆるい生活』は、じわりじわりと長期で版を重ねていた。祖父《そぶ》江慎《えしん》さんの装幀、本作りは、本文の紙質まで一冊の中で徐々に変えているという、すばらしさだった。まず本を贈呈すると、デザイン関係、印刷関係の人から、本を開く前にリアクションがあった。これは今までの本にはなかったことだった。私の古い友人から、大手の印刷会社に勤めていた夫君が、本を見るなり、

「おおおお」

と声を上げ、この装幀にどれだけ手がかかっていて、すごいものかを力説していたと連絡があった。

二〇〇八年に体調を崩した私が、和漢の漢方薬局に通いはじめた話を書いたもので、以前から体調を崩したら東洋医学系の病院、薬局で診てもらおうと考えていたので、

たまたま友だちが通っていたところを紹介してもらった。それを聞いた編集者がそれについて書いて欲しいと依頼してきたのだった。

そのときには漢方について、あまりわかりやすい本がなかった。どこか難しそうな部分が多く、特殊な人がやっているものというイメージが大きかった気がする。しかし自分が関わってみると難しいことはなく、きちんと栄養が摂《と》れる食事をするとか、暴飲暴食を避けるとか、睡眠をしっかりとるとか、基本はとてもシンプルだった。

自分も含めてそれらが守れないから、体調を崩してしまう。体調を回復させる補助として漢方薬があり、基本的な日々の自分の生活を改善しないと、体調が戻らないととてもよくわかった。和漢なので一度に飲む煎じ薬の量も小さなぐいのみ一杯分ほどで、煎じる時間も十五分ほどで済む。土瓶一杯煎じるとなると、ちょっと大変という気もするけれど、それくらいだと続けられそうだった。それも難しい場合は、エキス製剤という顆粒状の携帯できるパックもあるので、気軽に試せるものでもあった。

私が診ていただいている先生はすべてを一人でやっているため、多くの患者さんを診られない。ひっそりとやっていきたい希望もあり、薬局の連絡先は教えられないと本に明記した。するとどうしても私が通っている漢方薬局を知りたいと、文中に登場する救心製薬にまで連絡先を教えて欲しいと電話がかかってきた。それが一日に五十本から百本と聞いて、私はびっくり仰天してしまった。会社の業務にも支障が出るだろうし、まさか取引先にまで電話をかけてくるとは、想像もしていなかった。

その話を聞いて、一時話題になった、某テレビ番組である食品が体にいいと紹介すると、すぐにスーパーマーケットの棚からその食品が売り切れるのと、同じような感覚ではないかと恐ろしくもあった。興味を持ってくださったのはうれしいが、そうであったのなら、漢方薬局は西洋医学の病院よりは数は少ないが、日本中にいくらでもあるのだから、ご自身の家の近くで探したり、知り合いから紹介してもらうわけにはいかないのかと当惑した。そしてそういう人たちに限って、本気で体を治そうと思っているわけではなく、一回行ってみたらそれで満足するんだろうなと、私は勝手に考えた。

二〇一五年、WOWOWのドラマ、『山のトムさん』で、私ははじめて脚本の仕事をした。これまで経験がない仕事だったので、そういうチャンスをいただいたのなら、やってみようと決めた。原作は石井《いしい》桃子《ももこ》の『山のトムさん』(福音館文庫)で、全四回のドラマにするという話だった。シナリオ本を読んだことはもちろんあるが、どのように脚本が書かれるのかは知らず、脚本家が書いた台詞のほとんどが、そのまま演じる人の口から出るものだと思っていた。

原作は戦後すぐの設定で、ほぼ石井桃子の実体験に基づいている。トムさんというのはネズミ避けのために飼っているネコの名前である。その時代の話にするのは難しいので、具体的に時期を設定しないという話が、プロデューサー、監督との話し合いで決まった。そのときプロデューサーから、

「脚本は設計図ですから」

そして、

「作品は監督のものですから」

といわれた。私は、

「ああ、なるほど」

と納得した。そして第一稿として書いたのを読んだ監督に、

「これはネコが主役になってますね。人間を主にして描いてくれないと。それにネコにはこんなに演技をつけられません」

といわれて、私は、

「ごもっともです……」

と恥ずかしくなった。生きたネコが複数出演すると聞いただけでテンションが上がってしまい、ネコちゃんたちが田舎で大はしゃぎみたいなものになってしまったのである。

それからまた書き直しにかかったのだが、書くのはいくらでも平気だが、いちばん困ったのは、

「とにかく書いてください」

と最初に枚数を決められていなかったことと、自分の脳内を他人のものにするということだった。たとえばエッセイでも小説でも、決められた枚数というものがある。書き下ろしの小説の場合には、単行本にする枚数以上のものがあればといわれることもあるかもしれないが、まったく枚数をいわれないというのは、不安材料だった。原稿は短いものを書き足していくのではなく、長めに書いてそれを削っていったほうがいいので、その必要があるのだが、小説と違って現実に撮影するシーンというものがあるから、簡単に行数を削れるものではない。また小説は自分の頭に思い浮かんだ内容をそのまま書けばよい。それを読んだ編集者に、多少の変更を求められる場合もあるけれど、結局は自分の脳内での処理の問題である。

しかし脚本はそうではなかった。私が書いた脚本を読んで、プロデューサー、監督に、

「ここをこのように変更して欲しい」

「こういう施設を作るのは無理だと思うので、別の設定にして欲しい」

と要望を出される。撮影、設営の問題もあるので、それは当然なのだが、それまで自分の頭の中に浮かんでいたものをまたリセットして、彼らのいうように、彼らの脳内を想像して書くというのが、とても難しかった。いつも自分の思うままに書いて終わりだったのが、複数の人々の意見を参考にして、彼らの要望どおりのシーンを書く必要があった。

またそのように書き直したものの、結局、現実に用意するのが無理とわかって、

「そのシーン、なし」

になる場合もあった。そのときはまたその分を埋めるべく、書き加えなくてはならない。書くという作業は同じだが、エッセイ、小説を書くのとはまったく違う頭の使い方を要求される仕事だとよくわかった。何とか決定稿まで到達し、もちろん現場変更はいくらでも可と承諾して、私の手からは離れたが、我がままな私には脚本家はできないと正直、思った。それと同時に世の中の脚本家はすごいとよくわかった。同じ

文章を書く仕事でも、似て非なるものだった。

エッセイや小説の仕事は、担当編集者と私とで成り立たせていくわけだが、私が好きなように書いた原稿を、編集者がチェックしてくれるという形になる。一対一なのでシンプルである。しかし脚本家はその相手が複数いて、彼らが満足するように書かなくてはならない。書く人が違えば表現が違うので、脚本家が没個性になるわけではないが、趣味、嗜好が異なる複数の人のチェックが入り、それを書き直していく作業は、私のような我がままな人間には難しかった。

実際のドラマには脚本にないシーンが加えられていて、それによって登場人物の関わり合いがより深く感じられるようになっていた。考えてみれば家の設計図を書く人は、家の調度品やらソファの色まで指定しない。それで成り立つものなのである。地道で我慢強い人でないとできない仕事だと思った。

会社に勤めながら、最初の原稿を書きはじめてから四十年、物書き専業になって三十四年経ってしまった。歳を取るのはいやではないが、こんなにあっという間に還暦を過ぎるとは……である。そして還暦を過ぎてからが、加速度がついてまた月日が経つのが早い。これではあっという間に七十歳、八十歳になるのだろう。それが自分だけではなく、万人がそうなるのが救いであるが。

仕事があり、原稿が書けるような状態であれば、物を書くのは高齢になっても可能だ。私は昔は、若い頃に一生懸命働いて、あとは隠居したいと考えていたが、そう目論《もくろ》んでいるうちに三十四年が経ってしまった。隠居できなかった理由はそれだけの貯金ができなかったからである。高齢で借金があるのは辛いし、貯金がゼロというのも心配だけれど、収入が落ちたとしても、年金の範囲内の住居に住めば、自分が亡くなるまでは確実に家賃が払える。日本中、どこかで探せばアパートの一部屋くらいみつかるだろう。そのほうが今より気楽でいいかもしれない。

最近は出版社に就職しても、編集希望の人が少なくなっていると聞いた。本が売れてもそれは作家の問題であって、編集者の喜びではないと考える人が多くなったらしい。それよりもプロモーションや営業で、「自分が売った」という実感が欲しいようだ。出版不況のなか、出版自体がこの先どのような形態になるか、物書きという仕事がどうなるかもわからないが、まあ、降りかかった火の粉はきっちりと振り払い、自分のペースでのんびり仕事ができればいいなあと考えている。今のおばちゃんのささやかな希望である。

この作品は二〇一九年二月小社より刊行されたものです。

この先《さき》には、何《なに》がある？

群《むれ》ようこ

令和4年2月10日　初版発行

発行人――石原正康
編集人――高部真人
発行所――株式会社幻冬舎
〒151-0051東京都渋谷区千駄ヶ谷4-9-7
電話　03(5411)6222(営業)
　　　03(5411)6211(編集)
振替00120-8-767643
印刷・製本―中央精版印刷株式会社
装丁者――高橋雅之

幻冬舎文庫

ISBN978-4-344-43171-3　C0195　む-2-16

幻冬舎ホームページアドレス　https://www.gentosha.co.jp/
この本に関するご意見・ご感想をメールでお寄せいただく場合は、
comment@gentosha.co.jpまで。